ひとりが、いちばん！

頼らず、期待せず、ワガママに

橋田壽賀子
Hashida Sugako

大和書房

〈はじめに〉
夫と暮らした熱海の家で、いまはひとり暮らし

『つくし誰の子』を書いたあと移り住んだ終の棲家

私がいま暮らしている熱海の家の窓からは、くっきりと初島《はつしま》を眺めることができます。

網代湾を一望できる熱海の山林に土地を買ったのは昭和四十二年、日本テレビで『つくし誰の子』というドラマを書いたあとのことでした。番組名にあやかってつけた名前が、「つくし山荘」。もう三十六年も前になります。

連続ドラマを一緒につくってきた俳優さんやスタッフを招いて慰労をしたい、もともとはそんな思いから建てた家でした。

ところが私がNHKの大河ドラマ『おんな太閤記』の執筆を機に、ひとりだけ先に移り住むようになり、最終的には夫にとっても終の棲家となってしまいました。

東京から私だけ先に引っ越したのは、夫婦仲が悪かったから、では決してありません。大河ドラマ執筆という大仕事に専念するためでした。

そのころ私たち夫婦は東京のマンションで暮らしていたのですが、大河ドラマの執筆準備に入るのと時期を同じくして、隣接地で建設工事が始まってしまったのです。そのあまりの騒音のため私は仕事に集中することができず、熱海へと逃げ出してきたというわけです。

別荘として使っていたころは、せっかく訪れても掃除をしたり食事のしたくをしたりと大忙しで、ゆっくりと過ごしたことなどありませんでした。この家の居心地のよさ、素晴らしさを味わうどころではなかったのです。

ところが、引っ越していざ暮らし始めてみると、まさに天国のようなところだったのです。窓の外には海が開け、聞こえるのは鳥の声だけという静けさ。

自然を身近に感じながら過ごすことがこれほど心地よく安らぐものなのかと、改めて気づかされました。

東京の生活に不満があったわけではないのですが、一度この落ち着いた暮らしを経験してしまうと、とても戻る気にはなれません。

結局、建設工事が終わってもそのまま熱海に残ることを決め、サラリーマンの夫は平日を東京のマンションで暮らし、週末を熱海で過ごす単身赴任生活を余儀なくされてしまいました。

いいドラマを書くために

テレビ局の猛烈サラリーマンとして、全身全霊をかけて仕事に取り組んでいた夫ですから、通勤に時間のかかる熱海からはとても通いきれません。

最初のころ夫が熱海に帰ってくるのは週末だけのことだったのですが、夫も次第にここでの生活が気に入るようになり、熱海で過ごす時間が増えていったのです。

家のすぐ前の土地を開墾し、休みの日ともなると野菜や花の世話を楽しんでいる夫の姿は、東京の仕事場での彼からは想像もつかないものでした。

本人のお気に入りは林の中での立ちションで、「東京でこんなことしたら怒られるけど、ここは誰も何も言わないからな」と、実に愉快そうに笑うのです。

人というものはいろいろな面を持っているものだなと、長年一緒に暮らしていながら、私は新鮮な気持ちで眺めていました。

実はこの熱海に家を建てようと決めたのは、もともと「海の見える家が欲しい」という夫の強い希望があってのことでした。

沼津で生まれ、海のそばで育った夫は晩年になって生来の自分に戻った、といえるのかもしれません。

その夫・岩崎嘉一《いわさきよしかず》ががんのために帰らぬ人となったのは六十歳、五十五歳で定年退職してからたった五年後、平成元年のことです。

早いもので、あれからもう十五年が経ちました。夫の死後、書き始めたドラマ『渡る世間は鬼ばかり』もおかげさまで好評で、なんとパート6まで続いています。

毎日きちんと向き合うべき仕事があるという幸せに改めて感謝し、ドラマを楽しみにしてくださっている方々の期待に応えるためにも、まだまだ元気に執筆が続けられる自分でありたいと願わずにはいられません。

それにはまず、身体もこころも健康でいること。

そのためにも日常はシンプルに、質素に暮らしたいと思っています。

人間関係も、義理のおつき合いはなし。

無理をせず、本当につき合いたい人とだけつき合うように心がけています。

そんな私の生き方やひとりの気楽な暮らし方を話してみましたが、読者の皆さまの何かのお役に立てればうれしく思います。

二〇〇三年五月

橋田壽賀子

協　力　石井ふく子
　　　　反町浩之（ＴＢＳ宣伝部）
＊
題　字　篠原榮太
装　丁　スタジオ・ギブ（川島進）
＊
構　成　清水まり
編　集　加藤真理

ひとりが、いちばん！　目次

第三章　夫を亡くしたあと、どう生きるか

第五章 ドラマの中で、さまざまな人生を生きています

第一章

期待しなければ、人とのつき合いはもっと楽になる

1　本当につき合いたい人とだけつき合う

親戚や近所づき合いは、最低限の義理を果たせばいい

親戚づき合いや近所づき合いは、本当に難しいもの。家族のこと、嫁姑の問題だけでなく、親戚や隣近所とのつき合いでストレスを溜める人も多いことでしょう。

結論からいえば、私は最低限の義理だけを果たして、日常的にはほとんどつき合わないことを原則にしています。

その点、熱海に引っ越してきてよかったことのひとつに、近所づき合いをする必要がない、ということがあげられます。

私たち夫婦が家を建てたころは、周囲にそれほど家もなかったということに加えて、もともとが別荘地ですから隣組のようなものも存在していなかったのです。これは実

際に住んでみてわかったことですが、近所づき合いのわずらわしさがないということは、想像以上に気分的に楽なものだったのです。

東京のマンションで暮らしていたころは、マンションの住人たちで組織する隣組のようなものがあり、当番制で役職を決め、問題が生じるたびに会合を開く、といった雑事が多かったのです。

隣近所と顔を合わせる機会が増えれば、それがきっかけとなってものをあげたりもらったり、というような近所づき合いに発展することもあります。現実にそうして仲良くなった人たちもいたようですが、私はそういう近所づき合いを望んでいませんでした。エレベーターで会ったときに挨拶を交わすくらいで、個人の生活に立ち入るような会話は避けるように気をつけていました。

見返りを期待しなければ、サバサバ、すっきり

基本的には私と同じような考えを持っていても、結局はずるずるとつき合わざるを得なくなってしまう人もいるようです。けれど、それがストレスになっているのだとしたら、ばかげた話ではないでしょうか。

いざというときに頼りになるのは「遠くの親戚より近くの他人」という言葉がありますが、私は遠くの親戚も近くの他人も頼るつもりはありません。私自身は橋田家のひとり娘でしたが、両親は他界しており、自分の身内はひとりもいません。夫の親戚とは電話のやりとりと冠婚葬祭のつき合いがある程度です。

面倒だと思いながらも親戚や隣近所と無理してつき合っている人は、相手に嫌われたくないという気持ちからそうしているのではありませんか。

いざというときに頼りたいという気持ちから、どこかで見返りを期待してつき合っているのではないでしょうか。

もしそうだとしたら、簡単なことです。期待をしなければいいのです。

それでつき合いが悪いと非難されたところで、別にいいではありませんか。

お互いに見返りを期待するような関係を無理に続けずに、本当につき合いたい人とだけ、つき合えば。

そう決めてしまえば、サバサバとすっきりしたものです。

生きていくうえで、自分にとって何がいちばん大事か、そこを見極めなくてはなりません。それが気楽に生きるコツだと思います。

2　いい格好をしようと思わないこと

去る者は追わず、来る者は拒まず

会いたいときには会って、あとはあまりベタベタしない。それが私にとって理想の人間関係です。

人といっしょにいるのが大好き、というタイプの人もいますから、そういう人はそれでいいのだと思います。お互いに相手に期待しすぎないようにすれば、うまくつき合えることでしょう。

けれど私には、そういうのは不向きのようです。つき合いたい人とだけつき合えればいいという考えです。その点ではわがままでいいと思っています。基本的には私と同意見でそれを望んでいてもなかなか現実はうまくいかない、という人もいるかもしれません。

　自分の姿勢を貫くためには、相手に対していい格好をしようと思わないことです。誘われても嫌だったら断る勇気を持つことです。ワガママになるということは、一見簡単そうに思えますが、実は強い意志がないとできないことです。意識しないと難しいことなのです。

　それにはまず、自分の意思表示をきちんとすることです。そうすると、「あの人嫌だな、苦手だな」と思う人は不思議なくらい寄ってこなくなるはずです。

　それで去っていったなら、去る者は追わず、です。まず基本はワガママ。その上で来る者は拒まず、去る者は追わず。その姿勢で気楽に構えていると、似たもの同士だけが残ります。

受け入れられるものは受け入れ、無理なものは受け流す

　私は若い人と無理につき合おうとも思いません。若い人とつき合っていると自分も若くなったような錯覚に陥りがちですが、たいていは無理して合わせていることも多く、それでは楽しくありません。

自分が楽しんでいないことは相手にも伝わりますから、お互いに無理をすることになります。何も期待せずにいて好感の持てる若い人と出逢えたら、それは素敵なことですが、わざわざこちらから媚《こ》びを売る必要はありません。

とにかく自分の気持ちに対して無理をしない、ということ。

それは最新の事情に、無理をしてまでついていく必要もないということでもあります。私自身はドラマを書くためにも、世間で流行っているもの、人気があるものの知識だけは吸収したいと思っています。

たとえば若者たちがどうやってコミュニュケーションをとるのか、何に悩んでいるのか、ちゃんとリサーチしておかなければならないと思っています。だからドキュメンタリー番組なども一生懸命見てはいるのですが、一個人に立ち返ったときに「時代においていかれたらどうしよう」などとはまったく思いません。

人間関係と同じで、受け入れられるものは受け入れて、かなり無理をしなければ受け入れられないものはさらりと受け流す。

スッキリ、サッパリ、潔《いさぎよ》く。それが何よりも気持ちのいい生き方だと思うのですが……。

3　自分の生活のペースを守る

七十代のお手伝いさんが午前中だけ交替で

現在、我が家では四人のお手伝いさんがシフトワークで働いています。実際に家に来てもらうのは二人なのですから、最初から二人でいいのでは、という考え方もあります。同じ人にずっとお願いしたほうが伝達もスムーズかもしれません。

でも私は、これでいいと思っています

シフト制にしているのは、いうならば一種のワーク・シェアリング。

二人で毎日では疲れてしまいます。その結果、どちらかがダウンしたらもうひとりがたいへんですし、まったく新しい人に代わりを頼むとなると一から教えなければならないので、教えるほうはさらにくたくたになってしまいます。

だったら無理をせず適度に休みながら仕事を分担して、お金もみんなでわけ合いましょう、というわけです。

確かに四人もいると、同じ内容の伝達事項を別の人に繰り返して言わなければならないこともあります。一人ひとりに口で言うのは面倒です。それならばと、一度ですむ方法を考えました。といってもたいしたことではありません。どこの家でもやっていることでしょうが、用件を紙に書いて貼るようにしたのです。

貼る場所は冷蔵庫の扉で、メモを書いた紙をマグネットで留めます。一度連絡ボードのようなものを使ったことがあるのですが、それよりも冷蔵庫の扉のほうが目に入りやすいということがわかり、ボードはまったく使わなくなってしまいました。

指示は「今日はお天気がいいので寝具を全部干してください」というように、具体的に記します。かなり細かい指示を書くこともあります。ときにはうるさがられるかなと、気にはなるのですが……。

とはいっても、来てもらっているのは私と同じ七十代の人たちばかり、お手伝いさんが全員集まったら、我が家はまるで老人ホームだと言って笑ったこともあるくらいですから。

彼女たちは若い人に比べたら力もないし、何をやるにしてもスピードが遅いのはしかたのないことです。いま二人がかりでやっていることも、若くて有能な人ならひとりでできてしまうかもしれません。そうすれば人件費だって安くすみます。

けれど、なんでもかんでも若い人のペースで進められたのでは、疲れてしまいます。人に対する思いやりや気遣いという点でも、同年代の人がずっと楽です。

年中怒ってばかりいる私にも、「先生、また怒ってるわ」とみんな慣れたもので、それもある意味ではこちらとしては気楽です。これが若い人だとそうはいかないでしょう。真面目な人なら「どこがいけないんだろう」と悩んでしまうかもしれませんし、いいかげんな人ならいま流行りの「逆ギレ」だってされかねません。

ひとりの時間を確保することが、人間関係を円滑にするコツ

毎朝八時からお昼の十二時までがお手伝いさんの基本的な労働時間で、東京に行くときなどは夕方の犬の散歩もお願いしています。十二時で終了なのは、家の中に他の人がいると、私が落ち着いて原稿を書けないためです。

映画会社を辞めてから、私はひとりで仕事をしてきました。結婚してからも夫の前

では原稿用紙を広げないという約束でしたから、書いているときはいつもひとりでした。先生もいなければ弟子も取らないでやってきたため、自分以外に誰か別の人が家の中にいると、仕事に集中できないのです。別棟にいても、「あの人いま何しているかしら」と気になってしまうくらいです

本当のことをいえば、私自身は家事も好きですからお手伝いさんなどいなくても別にいいのです。ただ周囲の皆さんにとっては、お手伝いさんがいるといないのとではずいぶん違うらしいのです。毎朝お手伝いさんがやって来ることによって、私がちゃんと元気でいるかどうか確認できるので安心するようです。

私がお手伝いさんを雇うことで周囲も安心し、四人のシフトワークにすることでお手伝いさんたちは適度に休むことができる。同世代の人たちに来てもらうことによって同じペースでいられる。それがこの体制を保っている理由です。

4 好奇心を素直に表現しよう

好奇心がなくなったときが本当の〝老後〟

日常では得られない体験や感動を味わうことができ、気持ちをリフレッシュさせてくれる旅は私の最大の趣味といっていいでしょう。旅先で得たものが後々になって役に立つということもしばしばあります。

でも、だからといって、「勉強になりそうだ」とか「仕事に役立ちそうだ」などということを考えて旅の目的地を決めているわけではありません。

そのときにその場所へ行きたいと思ったから。ただそれだけです。ただ単なる好奇心。それでいいではありませんか。成果ばかりを気にして旅をしていたら、見えるものも見えなくなってしまうかもしれません。それよりも、「これはなんだろう?」「あれはどういうことだろう？」という純粋な興味を大切にしたほうが、ずっと楽しめる旅になるはずです。

好奇心に素直になるということ。それはすべての基本であり、この好奇心がなくなったら、もしかしたらそのときから老後が始まるのかもしれません。

目にしたもの、手に触れたものを指して「これ、なあに」を連発する言葉を覚えたばかりの小さな子どものように、自分が興味を抱いたことはどんどん試してみるべきだと思います。その点では我慢などしません。というより、気になったものについては試してみないとおさまらない性分なのです。

それは日常生活のささいなことにもいえることで、ミーハーだと笑われるかもしれませんが、世間であまりにも話題になっているようなものはたいてい試しているほうです。

多いのは食品、とりわけ「健康によい」というキーワードには弱いほうです。コレステロールがゼロだと紹介されたのは、ぶどうの種からつくったというオイル。使ってみると、さらっとしていながらサラダオイルに比べるとちょっと甘みがあります。おいしくて気に入ったので、いままでは炒めものはもっぱらこのオイルです。

普通の卵に比べたら少々値は張りますが、「うこっけい」の卵もやはり健康によいと聞いて取り寄せるようなったもののひとつです。

興味があるものは、何でも試してみる

健康によくてさらにおいしいものなら、少々値段が高くても取り入れて損はないという考えです。逆をいえば、どんなに健康によくてもおいしくないものを食べ続けようとは思いません。

ただ、なかにはそれまで自分は嫌いだと思っていたものを食べてみたら、意外においしかったということもあるので、たとえ嫌いなものでも試してみる価値はあるかもしれません。

私自身はヨーグルトがそうでした。苦手だったヨーグルトが毎日食べるほど好きになったのです。ほんの少量をタネ用に残しておけば、延々と繰り返すだけで手軽につくれるというのも気に入りました。

以来、それが私の朝の常食になるとは思ってもみないことでした。思いもよらない自分自身の変化に出くわすこともまた、おもしろい発見です。いくつになっても人間

というのは、変わり続けるものなのですね。

人から勧められたりテレビや雑誌で情報を得たり、興味を抱くまでの過程はそれぞれですが、やはり人に勧めたくなったり話題になったりするものには、それなりの理由があるようです。

とりあえず、興味があるものは試してみる。それが私の基本姿勢です。一度試してみて自分に合わないものだったらやめればいい、それだけのことなのです。

普段の何気ない日常でも、興味を抱いたものをそのままにしておかない癖をつけておくと、思わぬ発見や効用を得られることもあるようです。

5 「もう年だから」は禁句

年齢のせいにしない

ジェット・コースターやツアー旅行のパンフレットに「七十歳以上の方はご遠慮ください」と記されていると、自分は〝そういう年齢〟なのだな、ということを改めて認識させられます。

けれど、その言葉から連想する「老い」を自分で意識するようなことはありません。年齢を気にして、やりたいことをあきらめるなどということは、私にはまずあり得ないことです。「もう年だから」は禁句です。

仮に何かを実際に試してみてその結果うまくいかなかったとしても、私は絶対に年齢のせいにはしないようにしています。たとえそれが年齢制限のあることであったとしても、です。だって「たまたまそのときはダメだった」だけで、次にはうまくいくかもしれないのですから。

年齢のせいにしてしまったら、一度失敗したことにはもう二度と挑戦することができなくなってしまいます。生きている限り年齢はそのままで止まることはないのです。どんどん上がっていくのですから、「七十八歳だからできないこと」は「七十九歳には当然できないこと」になってしまいます。

うまくいかなかったことを簡単に年齢のせいにしてしまったら、できることはどんどん少なくなってしまいます。

たとえば足腰が弱っていたために何かあることができなかったとしましょう。足腰が弱ったのが老化現象だったとしても、それは老化のせいではなく足腰を鍛えていなかったからと考えるのです。そこで思い直して足腰を鍛えれば、できなかったことができるようになるかもしれません。

七十八歳のいま、私は毎朝六〇〇メートルを泳いでいます。ゆっくりとではありますが、泳ごうと思えばもっと泳げます。けれど、子供のころから水泳が得意だったというわけではありません。

五十過ぎから通った水泳教室

私が水泳を覚えたのは五十歳を過ぎてからで、きっかけは元オリンピック選手の木原光知子さんという素晴らしいコーチに出逢ってからのことでした。健康のために水泳を勧められ、ご縁があって木原さんに習うようになったのですが、この年齢で水泳を習うことにまったく抵抗がなかったわけではありません。

けれど、あのときに「いまさら水泳なんて……」とためらっていたら、いま毎朝実感している「水の中の気持ちよさ」を知ることもなかったのです。二十歳のときにはできなかった、それも体力を必要とすることを、私は五十歳を過ぎてからできるようになったのです。

いまではあの気持ちよさを知らないなんてもったいないと、私が水泳を教えた友達もいるほどです。その彼女は私がユースホステルを利用して旅行をしていたころからの友人で、いまでも時々はいっしょに旅行をする仲です。

旅行だけでなく水泳という共通の趣味も加わって、このごろはすっかりプール仲間になってしまいました。やはり趣味が同じ人というのはものの考え方や感じ方が似ていて、楽しさを共有できます。

たとえば彼女といっしょに旅行をしたとき、滞在先に海やプールがあったとしたら、泳ぐことの気持ちよさを知る前と後とでは、旅の楽しさや充実度もずいぶん違うはずです。同じ旅行をしても、それだけ得をしたことになります。

とにかく自分が興味を抱いたことにはどんどんチャレンジする。そしてたとえ失敗しても年齢のせいにしない。老け込まないためにはどんどん外に出てなんでもやってみることです。

6　爽やかに一日をスタートさせるために

水の中で体を伸ばすことが、こんなに気持ちいいとは！

私の日課のひとつは、毎朝プールで泳ぐことです。水の中に入ったときの開放感はほんとうに気持ちのいいもので、水に身体を委《ゆだ》ねていると、手足が自然に動き出してしまいます。

シューッと手足を思いきり伸ばしたときの快感はたまらないもので、私の場合、泳ぐというよりも全身を伸ばしにいく、といったほうが適切かもしれません。

全身運動である水泳がいかに身体にとって効果的か、そして年齢を問わずに楽しめるスポーツであるかは、スポーツ医学でも証明済み。高血圧、糖尿病といった生活習慣病にならないためにも、適切な運動は続けたほうがいいとはよく言われることですが、それは私自身の実感でもあります。

六〇〇メートルほどの距離をのんびりと泳いで全身を伸ばす。以前はそれだけで満足していました。

ところがある日、新聞の折り込みチラシで、ウォーキング・エクササイズの講習が週に一回行われていることを知ったのです。

そのチラシによると、ウォーキング・エクササイズの講習が開催されるのは、海に面した熱海市のスポーツ施設とのこと。さっそく申し込みをして、参加してみることにしました。講習のプログラムは一時間で、参加者は総勢四十人ほどです。

メンバーのほとんどは私と同世代の女性ですが、なかには年上らしい方もいます。その皆さんと一緒に水の中を動き回るのです。

水中で関節をほぐしたり、上を向いて百メートルくらいバタ足で進んだり。あるいは手足をフルに使って十分くらい走りっぱなしということもあり、先生の指示通りに忠実にやろうと思うとかなりハードな運動です。

先生は「決して無理をしないでください。ご自分のペースでけっこうです」とおっしゃいます。私としては無理をしているつもりはないのですが、ついつい頑張ってしかもしれません。

まいます。ハードでなければせっかく運動している意味がない、という思いがあるの

水泳なしの人生は考えられない

そうやって続けていると、最初はぎこちなかった動きもだんだんできるようになってきました。それがまた楽しくて面白くて、さらに頑張ってしまいます。

エクササイズの後は、身体に酸素が充分にいきわたったような感覚で、ただ自己流にのたのた泳いでいた頃に比べて体調もいいようです。エクササイズのない日に別のプールへ出かけたときも、ただ泳ぐだけなく講習で習った簡単な動きを取り入れるようにもなりました。

運動した後のこの気持ちよさは、体験した者でなければわかりません。それを一度覚えてしまったらもう麻薬のようなもの。プールへ行かないと身体に酸素が入ってこないような、そんな気さえして、爽やかに一日をスタートできないのです。

こんなにプールで過ごす時間が楽しいなんて！

いま、私の一日は朝一番に泳がないことには何事も始まりません。

7　粗食が私の元気の秘訣

朝は手づくりヨーグルトとジャムで

「橋田さんはとてもお年には見えませんよ」

スタッフや取材にみえる記者の方に、こんなふうに驚かれることがあります。

「そうですか」と少しばかり照れはするものの、こう言われてうれしくないわけがありません。

毎週の連続ドラマの脚本をこなし、ときにはテレビに出演し、打ち合わせにみえるテレビ局のスタッフとにぎやかに食事をし、時間ができれば海外旅行。言われてみれば、実年齢を忘れた暮らしぶりかもしれません。

そんな私のパワーのみなもとは、毎日の食生活です。医食同源、これは私の信条でもあります。

だからこそ、栄養バランスのよい食事を心がけています。ときにはご招待でとびきり贅沢な食事をいただくこともありますが、普段の食事はいたって質素そのもの。

朝起きたら、まず梅干しを二個、おなかに入れます。

これは三百六十五日欠かすことのない私の習慣で、海外旅行にも必ず梅干しを持って行くほどです。

それから朝食になるのですが、プールへ行く前におなかいっぱい食べてしまったら、苦しくて動けなくなってしまいます。エクササイズの先生がおっしゃるように、プールに入る二時間前に朝食をすませることができればベストなのでしょうが、なかなかそうもいきません。

そこで泳ぐ前に私はヨーグルトを食べるようにしています。若い頃から乳製品は苦手でヨーグルトは避けていたのですが、人からいただいたヨーグルトを試してみたところ思いのほかおいしく、すっかり気に入ってしまいました。

そう、大ブームを起こしたあのカスピ海ヨーグルトです。市販のものに比べて酸っぱくないのでそのままでも食べられますが、私はそれに黄粉《きなこ》やジャムを入れるようにしています。

そのジャムも、我が家で煮た自家製です。手づくりジャムなどというと、なんだか面倒だと思われるかもしれませんが、実に簡単。野菜が果物になり、使う調味料が変わっただけのことで、要するに〝煮もの〟なのです。

ジャムを家で煮る習慣ができると、桃やぶどう、いちご、洋梨などの果物をたくさんいただいたときに便利です。新鮮なうちに食べられそうな量だけを別にして、残りはみんな煮て瓶詰めにしてしまいます。冷凍にしておけばさらに日持ちします。

種のあるぶどうの場合はそのまま煮てしまい、あとから種を取り出せばいいのです。手づくりのいいところは自分好みの味にできるところ。うちではお砂糖を入れずにハチミツを使い、ワインで煮るようにしています。

甘味を弱くしたぶん果物の香りや味が生きていて、私好みのジャムができあがります。もちろん好みによってはグラニュー糖をたっぷり入れてジャムにするのもおいしいと思います。

手づくりなら糖分を控えるなど、自分の健康状態に見合った微妙な調整もできます。それに添加物は一切なしというのが、なによりです。

キャベツとじゃがいもが大好物

それから、とにかくよく食べているのは、キャベツとじゃがいも。キャベツは炒めたときのあの甘みが好きで、朝食には毎日食べても飽きないほどです。キャベツ炒めさえあれば、他はなにもいらないというくらい好物なのです。

お手伝いさんがたまに気を利かせてハムなどを一緒に炒めてくれることもありますが、だからといって特に私がよろこぶわけでもないため、がっかりさせてしまいます。味付けは塩、こしょうだけで充分。たまに牡蠣油（オイスターソース）や豆板醤をほんの少し混ぜるなどして、変化を楽しんでいます。

じゃがいもはスライスしてから少量の油で炒めます。あるいは炒めたじゃがいもを耐熱の器に入れ、別に炒めたベーコンとたまねぎを上にのせてオーブンで焼くことも。そのアツアツをいただくときのおいしいことといったら！

野菜料理と一緒に朝食でよく食べるのは海苔トーストです。トーストとはいってもバターは使いません。その代わり焼き海苔、パラパラに煎ったちりめんじゃこ、蒸しガレイ、塩ざけなどをパンにのせるのです。

ちょっと意外な取り合わせのように思うかもしれませんが、食べてみるとこれがやみつきになるほどおいしい。パンだから卵料理にハム、という当たり前の発想でなく、素材の組み合わせはあくまで自由に、が原則です。

目標は一日一六〇〇キロカロリーだが……

一日の食事で気をつけているのは、赤、黄、緑の野菜をまんべんなく食べること。

赤はさつまいも、じゃがいも、さといも、れんこん、ごぼう。

黄色は白菜、キャベツ、だいこん。

緑はブロッコリー、カリフラワー、ピーマン。

それをゆでたり、煮たり、炒めたりと、温野菜にしていただきます。

野菜はやはり季節のものを食べるのがいちばんおいしく、栄養的にも理にかなっているようです。ごはんは一日一膳程度、主食はあまり食べないようにしています。夜にお茶漬けをいただく程度です。

私の場合、健康を保つためには一日一六〇〇キロカロリーを超えないように、というのが主治医からのアドバイスです。粗食を心がけているので、普段食べているものを列記してみると、そうカロリーオーバーしているようには思えず、むしろ足りないくらいです。だったらもっと痩せてきてもよさそうなのですが、なぜか現実は、そうはうまくいかないのです。

問題は、原稿を書きながらの間食

理由はわかっています。それは間食。一日中家にいると、ついつい食べものに手が出てしまうからです。

おなかが空いているのでもなく、目の前にある食べものがすごくおいしそうだからということでもなく、何となく口さみしくてついつまんでしまうのです。原稿が思うように進まないときなど、考えごとをしながらほとんど無意識に手を出していることさえあります。

よく冗談で、「食べていないのは寝ているときだけ」と言っているくらいで、プロデューサーの石井ふく子さんから、「原稿を見ると何を食べていたのかわかるわ」と笑われたこともありました。それもそのはず、原稿用紙に果物の汁やお煎餅、クッキーのかすや粉がついていたりするのですから。

せめてお菓子はやめようと、なるべく家にはおかないようにしているのですが、ただ、自分では買わないようにしていても、いただくことも多いのでこれを徹底させるのはかなり難しい。

それに到来ものほど珍しいお菓子だったり、有名なお店のとびっきりおいしいものだったりするのですから。これを我慢しなさいというほうが無理です。

そこで考えた妙案が、ちりめんじゃこ。ちりめんじゃこを煎ってパラパラにし、口さみしいときにお煎餅のようにポリポリと食べるのです。こうすれば余分な糖分をとらなくてすむし、カルシウムは摂れるし、我ながらいいことを思いついたと自画自賛しています。

だからといって、おいしいお煎餅やクッキーがあるのにちりめんじゃこだけで我慢するのは、精神衛生上大いに問題ありです。それに食べられないことがストレスとなったのでは大切な仕事がはかどらなくなってしまうと、結局、ことおやつに関しては自分を甘やかすことにしています。

とはいえ、食生活全般において塩分や糖分を控えるために、ちょっとした工夫はしています。手づくりジャムでも実行しているように、砂糖の代わりにハチミツを使ったり、また、塩分の濃い佃煮などをいただいたときは、そのまま食べずに刻んで醤油代わりに使ったり。

その程度のことですが、それでも何もしないよりはいいと思うのです。そのようなことを心がけることによって、少なくとも意識はすることになりますから。

8　念願だった犬のいる暮らし

犬は飼い主に似る？

朝の水泳のほか、もうひとつの日課に、夕方出かける犬の散歩があります。雌の柴犬で名前はさくら、我が家に来てから三年になります。このさくら、とにかく人なつっこい性格で、人が好きでたまらないようなのです。

犬は飼い主に似る、などと言いますが、果たしてその真偽のほどは……。

さくらはお客様がみえるとどこからともなく現われ、興味深そうにウロウロし始めます。たまに熱海の家でテレビ番組の収録をすることがあるのですが、撮影隊を見るともう嬉しくてたまらないといった様子でカメラの前をあちこち歩き回り、映ってしまうこともしばしば。

まったくといっていいほど吠えないので撮影がストップすることもなく、犬好きのスタッフにはいつもかわいがってもらっています。

お客様や撮影スタッフに吠えないのはいいことなのですが、これではもし泥棒が入ったとしても吠えないのではないかと心配になってしまいます。なにしろ散歩の途中で猪に出くわしたって吠えないくらいなのですから。

猪が出る、なんて驚かれるかもしれませんが、私が住んでいる熱海の家は山の上の別荘地の一番端にあり、家のすぐ前は谷。その道なき道から本当に猪が出没するのです。歩いているとき、猪が掘ったと思われる穴に出くわすことなどしょっちゅうです。

夕方になると、私はさくらといっしょに散歩に出ます。家の近所を三、四十分歩くのですが、健康な若い人なら二十分くらいの道のりを〝トコトコ、のそのそ〟と歩くだけで、家に帰ってくるころには汗びっしょり、けっこういい運動になります。

平坦な道ならいくらでも歩ける自信はあるのですが、我が家はちょうど山の上ですから玄関から一歩外に出ると上り下りの激しい道ばかり。上りではフゥフゥと息が荒くなり、下りはゆっくり歩かないと膝がガクンとなってしまいます。

もちろん「代わりに散歩に行きますよ」と言ってくれる人がいないわけではないの

ですが、こればかりはお任せするわけにはいきません。犬を飼った目的のひとつは、この散歩にあるのですから。

「さくら」と一緒の散歩はかなりの運動量

健康のためには歩くのがよいことは重々わかってはいても、ウォーキングだけを目的としてひとりではなかなか歩く気にはなれないもの。けれど、犬の散歩という大義名分があれば、毎日実行せざるを得なくなります。

自らに課した運動の時間として、最初は義務的に歩いていた散歩ですが、次第に樹木の間をぬって歩くことの気持ちよさを楽しんでいる自分に気づきました。早春にこぶしの花を見つけたり、山桜がひっそりと咲いている光景に見とれたり、季節の訪れを知らせてくれる山つつじ、あじさいに遭遇したりと、四季折々の風景の移ろいを楽しみ、草木から出ている〝気〟をたっぷりと胸に吸い込みます。

木漏れ日の美しさ、夕暮れに染まる空と海、山の緑の中を抜けてくる風を感じる心地よさ。春には春の、初夏には初夏の匂いが山あいに広がります。

さくらが家族の一員となったきっかけは、「健康のため」という理由に加えて、「もう一度犬を飼いたい」という以前からの願いとがタイミングよく合った結果のことでした。

「もう一度飼いたい」というのは、以前にどうしても犬が欲しくて飼ったものの、世話をしきれなくて手放してしまったといういきさつがあったのです。まだ、夫も元気で、ちょうど私がNHKの大河ドラマ『おんな太閤記』を書いていたころのこと。

当時、私はたいへんな量の仕事を抱えており、主婦として妻としてやらなければならないことも多く、おおげさではなく、いすに座る暇もないほどだったのです。夫は、他人を家に入れるのが嫌いな人で、お手伝いさんなどとんでもない、という考えの持ち主。すべてのことを私ひとりでこなさなければならず、時間がいくらあっても足りないくらいでした。

ドラマにちなんで「秀吉」と名付けた犬を飼ったものの、日中はとても散歩に連れていく時間が取れません。だからといって、いくら犬といっしょでも夜に山の中を歩くのはためらわれます。またそのころは、いまのように健康のために歩く必要もなかったので、無理に時間を捻出しようとしていなかったことも確かでした。

そんな状態ではとても私の手には負えないし、このままでは犬もかわいそうだという結論になり、しかたなく人に差しあげてしまったのです。

犬好きの私としてはそれ以来、ずっと未練が残っていました。実はその後にもう一度、飼おうとしたことがあり、その時は一畳ほどもある立派な犬小屋を庭につくって準備までしたのですが、直前になってご破算になってしまったのです。

そんな私にとって、さくらは何年もの間「犬を飼いたい」と思い続けてやっと我が家にやって来た犬なのです。

もちろん、当のさくらはそんな飼い主の思いなど知るよしもなく、我が家の人気者として、あいも変わらずひたすら愛嬌を振りまいているだけですが……。

9 猫も私もひとりが好き

年をとっても本質的なことが変わらないのは、猫も人間も同じ

お手伝いさんがいても気になってしまうような、ひとりでいることがなにより好きな私にも、そこにいても気にならない同居人（？）がいます。

それは夫が生前かわいがっていた猫で、名前はねね。『おんな太閤記』にちなんで付けた名前です。

仏壇のそばに飾ってある夫の遺影にも、このねねは写っています。

夫が愛していた猫だから、ちゃんとかわいがってやらなければかわいそうだという思いがあるのかもしれませんけれど、どうやらそれだけでもなさそうです。

ついこの間もねねの具合が悪くなって、生きるか死ぬかの大騒ぎをしたところです。

薬を飲まない猫なのでかなり手こずったのですが、動物病院で点滴をしてもらったところすっかり元気になり、私の仕事の邪魔をするまでに回復しました。あっという間にピンピンしてしまい、「あの騒ぎは何だったのだろう」と拍子抜けするくらいです。

お客様がみえるとしっぽを振って近寄ってくる犬のさくらと違って、こちらはまるで愛想がありません。もっとも、ねねは私が寝起きをしている古いほうの家で飼っているので、お客様と面会することはほとんどないのですが……。

毛足の長いペルシャブルーなので、ちょっと放っておくとすぐ毛玉だらけになってしまいます。ところが、洗ってやろうとすると怒っていうことをききません。しかたがないのでお医者様のところへ連れて行き、麻酔をして毛玉を刈ってもらうのです。

そんなことをずっと続けてきたのですが、最近はあまりに年をとってしまったために麻酔ができなくなり、毛玉も刈ることができなくなってしまいました。かわいそうに、いまではまるで毛玉の鎧《よろい》を着ているような有様です。

まあ、でも、外見こそ変貌したものの、本質はまったく変わらず、人間が年をとって容姿が衰えても内面の根本的な部分が変わらないのと同じです。あいかわらず食べものにはうるさいし、気に入らないことには「みゃあ、みゃあ、みゃあ」とうるさいし、とにかくワガママな猫なのです。

ワガママだけど気楽な「ねね」

困るのは、原稿に集中しているときに限ってかまって欲しがること。初めは離れたところで「何かよこせ」といわんばかりに「みゃあ、みゃあ」鳴き出すのですが、知らん顔をしているとだんだん近寄って来ます。

それでも無視していると、ついには原稿用紙の上にデンと座り込む。もう二十年もいっしょに暮らしているだけあって、どうすれば私が仕事を中断せざるを得ないかよくわかっているのです。しかたなく私は何か食べものを与えてねねの欲求に応えることになります。

横になってテレビを見ていれば、そばへやって来て「撫でろ」といわんばかりの態度をするし、面倒だからと無視していると、テレビを見るのに邪魔な位置へと回り込んできます。「見えないっ!」と猫を相手に怒っては、何をしているんだろうと我ながら笑ってしまうこともよくあります。

そんな調子ではあるのですが、さほど負担に感じないのは、いつもいつもベタベタと寄って来るというわけではないからです。始終ベッタリいっしょにいることを好まない私には、同居のパートナーとしてねねはいい相手なのかもしれません。

ワガママを言って甘えてくることはあっても、ねねは基本的にはひとりというか、一匹で気楽に過ごしています。また、動物を相手に気を遣ってもしょうがないのですが、相手がワガママだからこそこちらも好き勝手に対応できるというもの。

結局は似たもの同士なのかもしれません。基本的にはひとりでいることが好きな相手と、お互いにワガママでいられる関係ほど気楽なものはないように思えます。

第二章

話さなければ、夫婦はわかり合えない

1　ケンカ大賛成！

言いたいことを我慢していると、夫は妻の不満に気づかない

人と人とがわかり合うということは、思いのほか大変なことです。

自分にとってどうでもいい相手ならともかく、たとえば夫のように密接な関係にある存在ならば、意思の疎通をはかることはとても大切なこと。お互いにわかり合いたいなら、自分の言い分をわかって欲しいなら、ケンカもどんどんすればいいのです。

言いたいことを我慢して、その場その場を円満にやりすごそうとしていると、話し合う、あるいは何かについてきちんと向き合うという姿勢そのものが夫婦の間になくなってしまいます。長い間、夫にとって都合のよい言い分を妻が我慢して聞いてやっていると、夫は妻の不満にも気づかず、わざわざ話などしなくても夫婦ならわかり合

えるだろうと、勝手に思い込んでしまいかねません。

私も夫とはずいぶんケンカをしました。まったく別のところで生まれ育ち、それぞれの生活スタイルで生きてきたふたりです。日常の些細《ささい》なことで意見の食い違いが生じるのは当たり前のことで、それはどこの夫婦も同じことでしょう。

夫の背広をハサミで切り裂いたこともあった！

結婚したばかりのころ、私が何より腹を立てたのは夫の帰りが遅いことでした。帰宅したらすぐに食べられるようにと毎日夕食のしたくを整え、夫の帰りを待つのですが、当の本人はいっこうに帰って来ないどころか、電話一本かけてよこしません。

彼がお酒好きだということは結婚前からよく知っていました。仕事仲間と夜遅くまで飲んでは熱っぽく語り合っている姿を実際に目にしていたし、その姿をむしろ好ましくさえ思っていたのです。ですから、飲みに行くことそれ自体をとがめる気はまったくありませんでした。

また仕事上、定時に仕事が終わるような職場とは違います。私もテレビ局を相手にずっと仕事をしてきたのですから、事情はよくわかっているつもりでした。

しかし、それにしても、限度というものがあります。我が夫ときたら、夜中に帰ればまだいい方で、朝帰りも珍しくないという有様だったのです。

私の言い分は、世間の奥さま方と同様に、「遅くなるなら、せめてそうなるということを知らせてくれてもいいのではないか」ということでした。もちろん携帯電話などという便利なものはない時代ですが、公衆電話もないような山の中で飲んでいるわけではありません。

「今日は遅くなるから夕飯はいらない」と電話でひとこと告げるのに一分もかかりません。たった十円で、呼び出し音をふくめても一分ですむ手間です。「一分と十円ですむのだから電話をしてください」と、何度頼んだことでしょうか。

それにもかかわらず、夫はいっこうに実行してくれません。のれんに腕押し、糠《ぬか》にクギとはまさにこのこと。口で言ってわからないのならと、私はある日、実力行動に出ました。

朝帰りが続いてあまりにも頭に血が上った私は、彼の一番お気に入りの背広をハサミでズタズタに切り裂いてしまったのです。そしてそれを玄関に入ったらすぐわかる場所にぶら下げておきました。

明け方酔っぱらって帰ってきた彼が、すだれ状態になった背広に気づいた瞬間、いったいどんな顔をしたことか……。

さすがに起きて確かめるようなことはしませんでしたが、これにはやはり応えたようでした。いつもならどんなに酔って帰宅しようが、午前さま続きであろうが、まったく悪びれた様子もなく威張って朝食の席につく彼が、そのときばかりはしおらしかったのです。

だからといって、その日を境に遅くなることを電話で知らせるようになったかというと、まったく変わりなしでしたけれども。

少なくとも私がどれほど怒っているか、その〝思い〟は伝わったようです。

相手の状況を知ることも大切

それからしばらくして、今度は私が彼の置かれた状況を知ることになりました。

脚本家として、テレビ局のスタッフと打ち合わせをしていたときのことです。ちょうど夕飯どきのことでもあったので、食事を兼ねてということになりました。

打ち合わせが一段落したところで、スタッフのひとりがおもむろに席を立ったのです。見るとはなしに目をやると、彼は公衆電話の方へ近づいて行きます。聞き耳を立てていたわけでもないのですが、騒々しい店内でもなかったため、電話の会話が耳に入ってしまいました。

電話の相手は奥さんのようです。そのスタッフは私が夫に口をすっぱくして言い続けてきたことを実行していたのです。

その姿を見たとき、私はなんだか急に白けてしまいました。妻ではなく仕事仲間の立場からその光景を目《ま》の当たりにして、急に考えを改めることになりました。受け取り方は人それぞれでしょうが、少なくとも私は男がこんなことをするのはみっともないと思ってしまったのです。そして、夫にそんなことをさせる女房になってはいけない、恥ずかしいことだと気づいたのです。

もともと私は仕事をバリバリこなしている彼の姿に惹かれて、お嫁さんにしてもらったのです。それなのに、いつのまにか家の中の彼ばかりを見るようになっていたのですね。

家にいる自分の生活を基準にすれば、ちょっと電話をするくらい何でもないように思えます。確かにそれは一分と十円ですむことではありますが、実際に行動に移すとなると、単に手間だけの問題ではないということに気がつかなかったのです。

この場合は職業柄、私がたまたま同じような状況を体験したため、身を持って実感することができました。けれど、こういった形で相手の状況を知るという機会はそうあるものではありません。

わかりあうためには、やはり「話すこと」が基本です。

意見が違うことと、仲がいい、悪いとは別

ところがこの話すための時間をひねり出すのが思いのほか難しく、その間に不満がどんどん蓄積されてしまう、というのもよくあることです。

私もそうでした。帰宅した夫をつかまえようにも相手のご帰還は決まって深夜、待っている私はそれまでの間に十分に苛立っていますから、冷静に話などできません。さらに相手が酔ってなどいようものなら、ケンカ腰になってしまいます。話はしたものの会話は成立せず、ただ「夕べはケンカをした」という印象ばかりが強く残り、気まずい朝を迎えることになってしまうのです。

だからといって何も言わず我慢をしていたら、こちらのストレスはたまる一方。そ

こで考えたのは、「まとめて言う」という作戦でした。休日に家でゆっくりしているときに、「これからケンカをします」と宣言して、一気にぶちまけるのです。

こうすると、相手もいったい何事だろうと思うのか、ちゃんと話を聞いてくれましたので、しばらくその作戦を続けることにしました。

さて、それでその効果のほどはと言いますと……。「あったり、なかったり」といったところでしょうか。

正直なところは、ほとんどなかったと言ってもいいかもしれません。ただ、そうしたことを繰り返すうちに、「これは言ってもムダだな」とか、「少しは考えてくれるかな」といったことが、少しずつわかるようになっていきました。

そこに至るまでには、三年くらいかかったでしょうか。その辺りの夫婦の呼吸がわかってくると、ムダなことはしなくなります。つまらないことを考える時間を有効に使えるので、ストレスも減ります。

夫婦に限らずどんな人間関係にも言えることですが、相手とわかり合うためには、まず話し合うこと。その結果、意見が対立することもあるでしょう。でも、それもいいではないですか。

意見が違うことと、仲がいい、悪いことは別のことなのです。

衝突を避けて穏やかに話すことだけでは得られない人間関係というのは、確実にあるのですから。

そうしたほうが人生を深く味わえることは、言うまでもありません。

2 「あなたのおかげです」というひとことの効果

夫のプライドを傷つけない

「ケンカ大賛成」とは言っても、やはり相手を傷つけるような暴言を吐いてしまっては、後々までしこりを残すことになってしまいます。

言葉それ自体が暴力になるようなケンカは問題です。内容は同じでも、言い方ひとつで相手の受け取り方がずいぶん変わるものです。

ケンカになる以前の段階で、何気ないひとことが空気を和らげてくれるということはよくあります。

私が夫によく言っていたのは、「あなたのおかげで書かせてもらっている」という言葉でした。

仕事を持っている主婦はたくさんいることでしょうが、「働いている」と言うのと、「働かせてもらっている」と言うのでは、夫が受け取る印象はずいぶん違うはずです。まして、妻の収入のほうが上回っているような場合は、なおさら気をつけたほうがよさそうです。

間違っても、「働いてやってる」などという言葉は慎しむべきです。妻の収入が上という事実だけでも、男の人というのは相当にプライドを傷つけられているのですから、これでは傷口に塩をすり込むようなもの。

私の場合も、ある時期から収入が逆転するようになりました。そうなったときに気を使ったのは、言葉だけではありません。徹底して心がけたのは、〝生活レベルを上げないこと〟でした。

女房が稼ぐようになって急に暮らしぶりが贅沢になったら、夫が家に帰ってきた途端にその現実をつきつけているようなものです。いくら口で「あなたのおかげ」と感謝したところで、白々しく聞こえるでしょう。

ですから、私の原稿料を生活費に足すことはせず、それまで通り、夫の月給の範囲内で暮らすようにしていました。

夫を立てて損することは何もない

私自身はそんなふうに気をつけていたのですが、困ったのは夫のことを、「橋田さんのご主人」と言う人たちが現れるようになったことです。

ある年の暮れには、年賀状を印刷屋さんが間違えて、私の名前を夫より先にして印刷してしまったことがありました。私たち夫婦はある意味同業者でもあるので共通の知人が多く、年賀状はいつも夫婦連名で出していたのです。

夫は「しょうがないな、お前の名前のほうが売れているのだから……」と苦笑していましたが、傷ついているのは一目瞭然。その年賀状は使うわけにはいきません。私は印刷した五百枚の年賀状をすべて処分することにしました。

このように、私が仕事をしていることで夫のプライドを傷つけるような出来事は、自分自身ではどうにもならないところで次第に増えていきました。だからこそ、私の仕事がうまく行けばいくほど、「あなたのおかげ」を連呼するようになっていったのです。

私から望んで結婚したといういきさつもあり、実際、夫には感謝していましたので、私は本心でいつもそう夫に伝えていました。

ちょっとしたひとことが足りなくて関係がギクシャクしてしまうということは、世間にはよくあることです。たったひとこと「あなたのおかげ」と言うくらいほんの数秒のことなのに、なぜみんな言わないのだろうかと、私はとても不思議です。

それで相手の機嫌がよくなるなら、儲《もう》けものではありませんか。損することなど、何ひとつありません。

夫を立てるということは、決して古くさいことだとは思いません。これは、男と女の特性の違いかもしれません。男とは女からおだてられ、立ててもらうことで、またさらに頑張る性質を持っているような気がします。

特に私の場合は、さまざまな意味で夫のおかげで仕事ができているというのは事実でしたから、本当に感謝していましたし、テレビマンとしての彼の才能には心から尊敬していました。

もっともその一方で、夫がどんなに有能でも、私に才能がなかったらどうにもならなかったはずだという自負もあります。けれども、それをとりたてて口に出すようなことはしませんでした。向こうは感謝されていい気持ちなのですから、何もわざわざ水を差す必要はないからです。

私の書くドラマの登場人物たちは、普段はたいていの場合我慢しているようなこともはっきりと口にしてしまい、その結果、あちこちで衝突が絶えません。

「言いたい放題わがままを通しているわりには、みんな言葉遣いが妙にていねいで変だ」というご指摘を受けることもあります。

たしかに、いま、家族間の日常会話で敬語を使うという習慣はほとんど見られなくなりましたが、相手を敬う気持ちを表しているのが敬語です。たとえ家族という親しい間柄でも、そういう気持ちを忘れずに持っていられたらと思います。

不自然だと言われてもドラマの登場人物たちに敬語を使わせているのは、こうあって欲しい、こうあるべきだという私の気持ちの表れでもあるのです。

3　誉めておだてるということ

男性のほうが「おだて」に弱い

相手を立てるという姿勢をオーバーに表現したものに、「おだてる」という行為があります。この「おだて」が効力を発揮するのは、女性よりも男性に対してのような気がします。また、普段威張っている人ほど、「おだて」に弱いようにも思います。

そして我が夫にもそんな一面がありました。ですから、夫が仕事で新しい企画を考えたときには、私はとにかく誉めるようにしていました。その企画が本当に素晴らしければもちろんですが、さほどでもないなと思ったときでも、とにかく誉めたものです。

組織の中で何か新しいことを始めようとするときは、少なからず反対意見は出るものです。だれでも自分の意見に反対されれば、いい気持ちはしません。もちろん反対する人はそれなりの理由があってしているのですし、その反対意見を聞くということは、仕事上必要なことでもあります。

会社は賛成、反対両方の意見に耳を傾けて、慎重にものごとを決定していかなければなりません。それが会社組織というものです。

けれども、家では違います。私が誉めようとけなそうと、結論はまるで別のところで下されるのです。だったらよほどのことがない限りは、誉めるに限ります。

ただ、私たち夫婦は同業者ですから、まったくの素人に聞いているのとは違い、向こうもそれなりの意見を私に求めているのも確かでした。何でもかんでも手放しで絶賛したのではいいかげんに答えているようですし、辛口なことを言うとたちまち不機嫌になってしまいます。

この辺りのさじ加減は非常に難しいところです。私は「同業者」であると同時に夫にとっては「ただの女房にすぎない」存在でもあるのです。

どうしたかといえば、とにかくまずちゃんと話を聞いて、「いいな」と思える部分を拡大して誉めるようにしていました。

会社であまりよい評価を得られなかったらしいときは、愚痴こそこぼしませんでしたが、不機嫌なのですぐにわかります。そんなときは、「このよさがわからないなんて向こうがばかなのよ」と夫の立場に立ち、いっしょになって怒ったものです。

ときには、「こういう素晴らしい企画を考えられるあなたを評価できないような会社はつぶれるわよ」くらいのことまで言いました。私が激しく怒れば怒るほど当人の怒りは鎮まり、次第にご機嫌になっていくのです。

言いたいことをきちんと伝えるためのコツ

誉めておだてる。それは日常のささいなシーンでもものごとをスムーズに運ぶためには有効な手立てです。ことに何か文句を言いたいようなときは、必ず誉めるようにしていました。

たとえば夫に棚を吊ってもらったとします。もしその棚が傾いていた場合、そこで「曲がっているじゃないの！　何をやらせてもダメねえ」などといきなり言えば、誰だって怒ってしまいます。

売り言葉に買い言葉で、「だったら、自分でやれ！」となり、やりかけの仕事も道具も投げ出してどこかへ行ってしまうかもしれません。

そこを、「すごいじゃない、もうできたの？」とひとことおいてから、「でも、ちょっと歪《ゆが》んでない？」と言えば、「そうかもしれない」と納得して、直してもくれます。

自分が言われる立場となって考えてみても、よくわかります。

私は年中、「ドジだ」「のろまだ」「気が利かない」と夫に怒られていたのですが、同じ失敗をしても、「料理はうまいけど、またスプーンを忘れている。お前はこういうところがダメなんだ」と言われれば、次からは気をつけようという気にもなります。

これがさらに「料理もまずい」では、こちらも「出ていきます。さようなら」と言いたくもなってしまいます。何かひとつでも誉められれば、また一生懸命がんばろうと思えるものなのです。まして、それが自分にとって自信のあるものだったら、それを認められれば気持ちがいいに決まっています。

言いたいことを本当に伝えたいと思ったら、「どうすれば言いたいことがきちんと伝わるか」ということを何より考えなくてはなりません。

思ったことをただそのまま口にするだけではダメなこともあるのです。

人はそれぞれ違うということを認めたうえで、相手のいいところを見つける

「それをそのままズケズケ言ってしまったら、こうなってしまう」というのが、私がドラマで描いている世界です。

私のドラマを反面教師とするなら、実際の生活では相手の気持ちを考えてもう少しクッションがあったほうがいい、ということになります。夫婦といえどもお互いに演出し合い、芝居し合うことも必要なのではないでしょうか。演出が要求されているのは、ドラマよりもむしろ現実の生活のほうなのかもしれませんよ。

それには何度も言いますが、相手のいいところ、優れたところをよく見て誉めること。たとえば息子のお嫁さんだって、ハナから気に入らないと思って接していたら、いいところがあっても目に入らないことでしょう。人間は誰しも必ずいいところがあるのですから、そのいいところをきちんと見て、認めてあげることが大切です。

そうすると、自分の息子がなぜその人を好きになったのかも、少しずつわかってくるのではないでしょうか。

なにごとも自分の価値観に当てはめようとすると、見えるものも見えなくなってし

まいます。

たとえば、お嫁さんはもしかしたら少しお行儀が悪いかもしれません。けれども、そういう育ち方をしてしまったのですから、それを非難したところで過去はとり戻せません。

性格や頭の良し悪しはもちろん、育ち方も生きてきた過程も、人はみなそれぞれ違います。違うということを最初から頭に入れて、それを認めてやらない限りはいつまでたっても平行線です。

相手のいいところを見つけるちょっとした努力が大切。それを常に心がけ、そして誉める。ときにはおだてる。そんな心がけひとつで、人間関係がうまくいくこともあるのです。そうすれば、毎日がもっともっと明るく楽しくなるはずです。

4　お歳暮、お中元とは無縁だった夫

自分が信念を持って実行していることをやみくもに否定されたのでは、だれだって面白くありません。相手のいいところを認めて、その人の個性や主義主張を尊重すること。それは円滑に人間関係を結ぶ秘訣のひとつです。

たとえ相手の主張が、いわゆる世間の常識と多少違っていたとしても、他人に迷惑をかけるようなことでなければ、それでいいではありませんか。

夫の主義主張を尊重する

組織に属すことなくひとりで仕事をしてきた私にとって、結婚するまでは、いわゆる「盆暮れの付け届け」といった類のものはまったく無縁でした。贈ったこともなければ、当然ですがいただくようなこともなく、原稿のことだけを考えて仕事をしていればそれですんでいたのです。

ところが、サラリーマンの女房になったらそうはいきません。結婚して驚いたことのひとつに、仕事関係者から贈られてくるお中元やお歳暮の多さがありました。

そして我が夫はそういったものを「いっさい受け取らない」という主義でした。かくして私は、夫の「絶対に受け取るな！」という言いつけを守り、贈られてきた品々に内容証明をつけて一つひとつ送り返す作業を引き受けるはめになったのです。

夫がプロダクションに仕事を発注するような部署にいたときなどは、シーズンになると毎日毎日たくさんの品物が届きました。それらを全部、本当に全部送り返すのですからたいへんな手間で、大げさではなく、家事にも支障をきたすほどでした。

面倒このうえない作業でしたが、受け取ってしまうことの怖さも知っていました。一度受け取ってしまうと、次第に慣れが生じて感覚がマヒしてしまうということは世間によくあることです。そうしたことを続けているうちに、常識をはるかに超えた接待なども平気になり、結局は社会的につぶれていった人を夫も私も何人も見ていました。

品物を受け取ってしまったら、その贈り主と仕事をしたときに夫は対等な立場でいられなくなってしまうはずです。相手の仕事を純粋に評価して仕事を発注したとしても、やはりどこかうしろめたさが残ってしまうのではないでしょうか。そんな気持ちを引きずっていたのでは、よい仕事などできるはずがありません。

上に媚びず部下に心をかける生き方が好きだった

せっかく贈ったものを送り返されたら相手も気分はよくないでしょう。ですから、一時的にはぎくしゃくすることもあるかもしれません。しかし、それはそのときだけのことです。そんなことで関係が壊れてしまうような相手なら、所詮はそれだけの人物でしかなかったということです。

また、夫は受け取らないだけでなく、こちらからお中元やお歳暮を贈るようなことも一切しませんでした。「上に気をつかう余裕があるのだったら、下のものをねぎらってくれ」というのが彼の主張です。その考え方には私も大賛成でした。

なかには「サラリーマンの女房になったのだから、夫の上司に対して盆暮れの挨拶を欠かさないようにしなきゃダメよ」とアドバイスしてくれる人もいました。けれど、それは聞き流すことにしたのです。

人に媚びず自分の信念を通す。そういう彼が好きで結婚したのですから。
ですから、もし、お中元やお歳暮が一因となって会社員として出世できないような
ことがあったとしても、それでいいと思っていました。夫にはまず何よりものびのび
と仕事をしてもらいたい、本人の主義主張をゆがめて彼らしさを失ってまで、出世な
どしてもらいたくはなかったのです。
不器用な生き方かもしれませんが、夫は最後までそれを貫き通しました。
そしてそれでよかったのだと、私はいまでも思っていますし、そんな夫を誇りに思
っています。

5　夫の定年をどう迎えるか

定年後、板前になった岡倉大吉の生き方

サラリーマンの女房にとって避けて通れない問題に、夫の定年があります。それまで何十年も毎朝毎朝出勤していた夫が、ある日を境にずっと家にいることになるのですから、定年を迎える当人はもちろんのこと、女房にとってもこれは大問題です。

夫婦それぞれにとって居心地のよい環境を新たに築くまでには、多少の時間を要することでしょう。大切なのは夫は何を望んでいるのか、自分には何ができるのかをきちんと考えることだと思います。

平均寿命が延びたいま、ほとんどのサラリーマンは定年退職の時期を迎えても完全にリタイアするほど老け込んではいません。気力体力ともに十二分で、再就職を希望

する人がほとんどのようです。

『渡る世間は鬼ばかり』の岡倉大吉もそうでした。四十年間勤め上げた会社を定年退職した後、彼も一度は子会社へ再就職をしたのです。大吉の周辺では、定年後の身の振り方としてはそれがもっとも一般的でしたし、家族もそれが当たり前のように思っていました。だからそうすることが家族を安心させる最良の方法に思えたのです。

ところが、大吉には板前になるという夢がありました。まさか大吉が本気でそんなことを考えているとは夢にも思ってみなかった家族は驚きます。いまでこそ「おかくら」は娘たちが集う憩いの場となっていますが、大吉が板前になることについては一騒動ありました。

結局、大吉は再就職先の会社を辞めて夢を実現させ、いまは板前という新たな職を得て、充実した日々を送っています。もちろん、現在の幸せはお店がうまくいったからこそ、のものかもしれません。

一方、もしいまほどお店が軌道に乗っていなかったとしても、家族に遠慮してそのまま会社勤めを続けていたとしたら、どうだったでしょうか。やりたいことがあるのにそれを我慢して、定年後も仕事と人間関係に神経をすり減らしながらサラリーマン生活を送ることが、本人にとって幸せなことだったでしょうか。

「稼いでいるのは夫」という大前提がなくなる

夫が定年を迎えるに当たっては、私もずいぶん悩みました。脚本家という仕事は自由業ですから、私には定年まで勤め上げた会社員の気持ちがどんなものなのか、想像がつきません。

その日を迎えることを夫はどう受け止めているのだろうか。定年後は何をしたいのだろうか。私はどうすればいいのだろう……。

だからといって、そのことを口に出して尋ねるようなことはしませんでした。ただ決めていたのは、定年を迎えた時に、お金を全部夫に渡すということでした。それまで我が家の家計は全部私が握っていたのですが、定年を機にそれをすべて夫に託したのです。

当然のことながら、定年になったらもう月給は入ってきません。それは「私が家計をあずかっていても、それを稼いでいるのは夫である」という大前提がなくなったということでもあります。定年後もそのまま私が財布を握っていたのでは、彼の立つ瀬がないのでは……そう思って、我が家の経済を彼にゆだねたのです。

私はそれまで彼には充分に養ってもらってきました。生活の保障があったからこそ、私はプロデューサーやテレビ局と意見が対立しても妥協せずに、したい仕事ができたのです。ですから、これまでありがとうございました、という気持ちを、財産管理を任せるという形で表すことにしたのです。

結局、夫は「岩崎企画」という会社を設立することにしました。東京のマンションを事務所にして、私の原稿料の管理や面倒な交渉事、事務的な仕事を全部引き受けてくれるようになったのです。

有能なテレビマンだった彼が、私のビジネス・パートナーになってくれたのですから、こころ強い限りです。おかげで私は面倒な事務所処理等に悩まされることなく、安心して原稿に専念できるようになりました。

結婚当初、「俺はシナリオライターを嫁にもらったのではない」と言われたことを思えば、夢のような話です。こんなありがたいことはありません。

会社に振り込まれるお金は主に私の原稿料ですが、それを管理するのは彼です。対外的なことや経理面一切をコントロールしてくれる人がいてこそ、会社は成り立つのです。これなら夫も惨めな思いをしなくてすみます。

まずは夫の希望を聞いてから

けれどこの件に関して私が決めたのは「財布を渡すこと」だけで、会社の設立は彼自身が決めたことです。私のほうから「そうして欲しい」と言い出したとしたら、へそを曲げてしまっていたかもしれません。

本人がまだ何も言いださないのに、妻が「私はこうしてほしい」などと先走ってしまったために、うまくいくものもいかなくなる、ということもあるはずです。もしかしたら夫には密かにやりたいことがあるのに、「こんなことを言ったら女房に笑われるかな」と躊躇していることだってあるかもしれません。

体験者として夫の定年問題について少しだけアドバイスできるとしたら、次のようなことでしょうか。

定年の時が近づいたら、まずは自分の希望を夫に言う前に、夫がどうしたいのかを聞いてあげることです。そして、夫の言うことが自分勝手なわがままなことだと思えたとしても、頭ごなしに否定しないこと。

自分の郷里に帰りたいと言う人もいるでしょう。店を始めたい、ボランティアをしたい、海外で暮らしたい、人それぞれ夢や希望があるはずです。

それに自分が協力できるかどうかはすぐに決断せず、なぜ夫がそうしたいと思うようになったのかをきちんと聞いてあげるということが大切だと私は思うのです。結論はそれから話し合って決めればいいことです。

定年は会社という組織を離れ、夫が一個人としてのひとりに立ち返るときです。まずはわがままを言わせてあげましょう。場合によっては言っただけで気がすむということもあるかもしれません。

みんながそうしているから、という理由だけで安易に定年後の人生を決めてしまうのは考えものです。

6　私が夫婦で旅行をしなかった理由

求めるものが夫婦で異なる場合

子どもが独立し夫が定年退職をするということは、夫婦だけの束縛のない自由な時間を取り戻せるということです。誰に気兼ねすることもなく、自分たちにとっていちばん快適な過ごし方を追求できるときなのです。

子どもはすでに自分の世界を持ち、親の手をわずらわせることもそれほどないことでしょう。夫婦で共通の趣味を持ったり、旅行に出かけたりするのもいいですね。

ただし、それは夫婦の意見が一致した場合に限ります。一方の趣味をもう一方に押しつけてまで夫婦一緒に行動したのでは、お互いにストレスがたまるばかりです。

『渡る世間は鬼ばかり』で、ずっと働きづめだった「幸楽」の勇と五月が夫婦二人で旅行へ行った話を書いたことがあります。ふたりともまだ定年退職するほどの年齢ではありませんが、根本的な部分は同じなので、一例として挙げてみたいと思います。

せっかく旅行に来たのですから、五月は時間が許す限り観光をしたいと願っています。けれども勇は旅館を離れようとせず、お酒を飲んでばかり。旅館にいれば誰に気兼ねすることもなく昼間からお酒が飲めて、上げ膳据え膳でもてなしてもらえます。普段は調理場で立ちっぱなしで一日中働いている勇ですから、旅先くらいはゆっくりしたいというのも無理はありません。

どちらの言い分も、もっともです。結局ふたりはケンカになってしまい、楽しいはずの旅行が台無しになってしまいました。

一週間もの旅行なら、お互いに譲り合ってそれぞれのやりたいことにつき合うようにすることもできますが、一泊や二泊の小旅行ではそれもかないません。

だったらここは割りきって、思い思いにそれぞれ過ごしたほうがリフレッシュできていいとは思いませんか。ひとりで観光に出かけるのが嫌だというのなら、観光が好きな女友達を誘って旅行に行けばいいことです。何も夫婦だからといっていっしょに旅行しなければならない、ということはないのです。

夫はハワイ、妻はオーストラリアで迎えたお正月

実際、夫と私はいつも旅行は別々でした。それには台湾への新婚旅行ですっかり懲りてしまったから、という理由もあります。新婚旅行だというのに、我が夫は妻をホテルに残したまま知人に招待され、夜中まで帰って来なかったのですから！

それ以来、私は二度と海外旅行はいっしょに行かないと決めていました。旅先でまで夫の帰りを待つなんて、こんなばからしいことはありません。

それぞれ違うところへ出かける私たち夫婦を見て、驚く人はいます。泉ピン子ちゃんなどは、「この夫婦、絶対にもうすぐ離婚する！」と確信したそうです。

無理もありません。その時は暮れからお正月にかけての旅行で、我が夫は石井ふく子さんやピン子ちゃんたちといっしょにハワイへ出かけ、私は私の友達とオーストラリアへ行ったのです。

まったく同じ時期、しかもお正月に仕事ではなくプライベートで旅行へ出かけるのに別行動なのですから、他人の目から見たら奇異に映るのもしかたのないことです。

けれど、決して私たち夫婦は「離婚寸前」でもなんでもなく、お互いにとって一番快

適に楽しめる方法を選択しただけのこと。

元旦には夫のいるホテルに電話をかけ、お互いに「おめでとう」と新年の挨拶を交わしました。そうやって私たちは思い思いの自分の旅行を満喫したのです。

旅に求めているものが違うのであれば、それぞれのわがままを尊重してあげるのも相手への優しさです。無理をしてまで合わせる必要などありません。

ときどきは思い切りわがままに、自分だけの時間を過ごそうではありませんか。

第三章

夫を亡くしたあと、どう生きるか

1　長くてあと半年……夫の病を知ったとき

悩んだすえに、がんを告知せず

ときが経つのは早いもので、夫・岩崎嘉一の十三回忌法要も無事にすますことができました。夫に先立たれた私に、「ひとりでお寂しいでしょう」と心配してくださる方もいます。

ありがたい言葉だとは思いますが、「寂しい」などと思ったことはありません。それは強がりでも何でもなく、本当にそうなのです。

周囲を見回してみても、ご主人を亡くされてひとりになってから、自分自身の人生をエンジョイしているご婦人はたくさんいます。そういった方々にも夫に先立たれたという喪失感でいっぱいになった時期はあったことでしょう。また、三回忌を過ぎるくらいまでは法事や事務手続きなどが次から次へと押し寄せ、自分自身の人生を楽しむ余裕などなかったかもしれません。

けれど、そのままずっと塞ぎ込むことなく、多くの人が元気を取り戻してイキイキとその後の人生を謳歌しているという現実もあるのです。

「ひとりが寂しい」などと、いったい誰が決めたのでしょうか。

夫が肺がんに侵されていると判明したのは、昭和六十三年秋のことでした。

それはまったく突然のことで、私は何のこころの準備もないまま主治医の先生から、「長くてあと半年かもしれません」と宣告されたのです。私の頭の中は文字通り真っ白になりました。このとき夫は五十九歳。

もうすでに放射線治療も抗がん剤も効果が期待できない「腺がん」に冒されていて、治る見込みはない。混乱する頭で先生のお話を整理してみると、そういうことでした。本人も周囲の人間も、死ぬ日が来るのをただ黙って待ち受けるしかないとは……。

悩んだのは、病状を告知するかどうかでした。夫はすでに定年退職していたとはいえ、まだまだやりたいことはたくさんあるはずです。回復の見込みがあるというのなら、がんだと知ったとしても病気と闘うだけの気力はあったでしょう。

けれど……。現実は絶望的だったのです。

私は告知しないことに決めました。最後の、〝その日〟が訪れるまで真実は隠し通そうと決心したのです。お医者さまの助言で病名は肋膜とすることにして、がんだということは親戚にも告げませんでした。

ただ、夫の看護のために迷惑をかけることになるであろうごく一部の仕事関係者にだけ、真実を知らせました。

気づかせないための半年は地獄だった

私にとってそれは、翌年から始まる大河ドラマ『春日局』の準備に入っている時期のことでした。

精神的ショックに加えて、これから始まる看護の日々を思うと、とても大河ドラマのような大作を執筆できるような状態ではありません。NHKには申し訳ないけれど、理由を話してドラマを降板させてもらおうと決心していました。

それを翻《ひるがえ》したのは、事情を打ち明けた中のひとり、石井ふく子さんの「ドラマを降板したら本人が不審に思う」ということでした。

大河ドラマの作家であるということの価値を熟知し、かつて初めての大河執筆の折りには不自由な単身赴任生活をいとわず、私を熱海での執筆生活に専念させてくれた夫です。そのドラマを降板してまで私が病院に付き添ったとしたら、間違いなく自分のおかれている状況に気づいてしまう。

治らない病気であるということを気づかせないためにも、告知をしないと決めたのなら、たとえどんなにつらくても『春日局』は書き通さなくてはならない。私は覚悟を決めました。

そして、それからの半年は地獄でした。

表向きはたいした病気ではないということになっていますから、本人が不信がることは極力避けなければなりません。あまりベッタリと付き添っているわけにはいきませんし、病院に行ったところで入院先は完全看護のシステムのため、私がするべき用などほとんどありません。

患者である当の本人はといえば、早く熱海に帰って原稿を書けと追い立てる始末です。

しかたなく熱海へ帰るものの何も手につきません。もう原稿どころではありません。

明るく振る舞おうと外で気を張れば張るほど、熱海に帰ってひとりになるとどうしようもなく涙があふれてきました。

最期のときをどうやって迎えられるか、その瞬間まで嘘をつき通せるか。

考えるほどに切なくなって、階段のところに座っては泣いていたものでした。

2　いつの日か、また会える日まで……

夫が苦しまずに逝ったときの安堵感

救われたのは、がんではないという演技を続けているうちに、私自身錯覚に陥って、嘘が本当のようにも思えていったことです。

お見舞いのお客さまがみえると、夫は決まって病院の食堂に連れて行き、いっしょにビールを飲んでいました。その姿を見ていると、とてもこの人が死ぬとは思えません。病人がビールなど飲んではいけないのですが、残された日々のせめてもの楽しみだからと、病院も大目に見てくださったのです。

訪ねてきてくれた人も夫の姿を見て、「ビールが飲めるくらいなら」と安心するようでした。そうすると、こちらもよけいな気を回さなくてすみます。私にとって、本人がご機嫌なのがなにより嬉しいことでした。そんなときはやはり告知しなくてよかったのだと心底思えて、気持ちが和みます。

もし、本当のことを言ってしまっていたら、ふたりでずいぶん切ない思いもしたかもしれません。なすすべもなく、ふたりで泣くようなこともあったでしょう。ところが、夫は亡くなる前日まで笑っていました。

〝その日〟の前日も、私たちはいつも通りに別れました。

部屋から出て行く私に夫は、「バイバイ」と言いながら手を振って送り出してくれました。

そして、それが私たちの交わした最後の会話となったのです。翌日私が病院を訪れたときには、すでに夫の意識はありませんでした。

そうなることは本人もまったく予期していなかったのでしょう、息を引き取ってまもなく証券会社の人が訪ねて来たぐらいです。夫は午後三時半ごろに息を引き取ったのですが、四時に証券会社の人と会う約束をしていたのです。

がんだということを最後まで知らずに、やせ衰えることも、痛みで苦しむこともほとんどなく逝かせることができたことに、私は何よりホッとしました。

宣告を受けたときからこの瞬間まで、「どうやってこの人を見送るか」そのことばかりをずっと考えてきたのです。

痛みで苦しむ日がやってくるのだろうか……、そうなったらがんだと疑い始めないだろうか……、そのとき自分は嘘をつき通せるだろうか……。

仕事をしていても家事をしていても、ふとした瞬間にそんな心配が頭をよぎり、そのたびに不安が襲ってきます。

ですから、それまでずっと抱え込んでいたものから解放されたとき、無事に逝かせることができたという安堵感でいっぱいになりました。充分に看護ができた満足感といったそんな単純な理由では説明のつかない、それまでに味わったことのない不思議な気持ちでした。

そのせいでしょうか。亡くなってからは泣くこともありませんでした。

夫は亡くなり、確かに私はひとりになりました。

けれども、私もいつかは夫のところへ行くのです。そうなのです。死んだところで夫のところへ行くだけのことなのです。この半年間を思えば、これ以上つらいことなど何もない。もう何も恐くない。そう思えました。

「お前、よく書いたなあ。よかったなあ、終わって」

亡くなったのは『春日局』を最終回まで書き終え、その後に控えていた舞台版『春日局』を書き上げた直後のことでした。夫は病室で私の書いたドラマの台本を読んでは、毎回批評をしていたのですが、見ているとそれがひとつの気持ちの張りになっていたようでもありました。

最終回の二時間スペシャルの台本ができ上がったときは、最終回スペシャルということで特別に金色の表紙のついた台本を見て、「お前、よく書いたなあ。よかったなあ、終わって」と、我がことのように喜んでくれました。

そして、ぽそっと、こうつぶやいたのです。

「俺は今回は、病院で寝てばかりいて、何もしてやれなかったな……」

もしかしたら夫は本当のことを知っていて、だまされたふりをしていたのかもしれません。「あいつがあれだけ一生懸命嘘をついているのだから、だまされてやらなきゃかわいそうだな」と、思っていたのではないでしょうか……。

そんなふうに思うこともありますが、本当のところはわかりません。

いまとなっては誰も知り得ないことです。

いまだに夫が亡くなったという実感がない

あれから十五年もの月日が流れました。けれども、不思議なことにいまだに夫が亡くなったという実感が私にはないのです。

普通のご夫婦に比べて、離れていることが多かったということもあるでしょう。今でも夫は東京にいるような錯覚に陥ることがあります。

朝起きたときに「東京に電話しなきゃ」と思ったり、夢中で原稿に向かっているとき、「そろそろ帰ってきそうだ」と慌てて隠れて喫っていた煙草の煙を外に出すために窓を開け放ってみたり……。我ながら笑ってしまいます。

私は煙草を吸わないことになっていたため、夫の留守に内緒で吸った煙草の煙や匂いを消すのにいつも大騒動だったのです。もっとも、それで本当に煙草のことを隠し通せたとも思っていません。きっと気づいていたことでしょう。ただ、決して夫の前では吸わないことで大目に見てくれていたのだと思っています。

窓を開けてひとしきり風を入れてから、「あ、そうだ。もう帰ってこないんだ」ということに気づき、苦笑いしながらまた原稿に戻るのです。

だからといって、それで急に悲しくなるとかいうことでもありません。

どう言えばいいでしょうか。

自分には、現実に実存はしないまでもちゃんと好きな人が存在していて、その人のことを思いながらいまをひとりで生きているのです。その好きな人という存在がなかったら寂しいのかもしれません。けれど、実際はそうではないのです。ちょっとややこしいかもしれませんが、この感覚はなかなかいいものだな、というのが実感です。

未亡人というものは他人が思っているほど寂しくもないどころか、逆にとても心があったかいものだったのです。言葉の響きとは対照的に、私にとっては、自由で気楽なものです。

3　遺言証書は残された家族を守るもの

葬儀のあとに見つかった夫の遺言証書

毎年お正月になると遺言証書を書き直すということを、知人の脚本家から聞いたことがあります。前の一年を振り返って、お世話になったことをひとつひとつ思い出しながら、遺産の配分を毎年決め直すのだそうです。

その方にはお子さんはいないので、もしものことがあった場合には、遺言証書がなければ法定相続人に当たる親戚に遺産が配分されることになります。普段めったに会うことのない親戚より、生前に自分がお世話になった人に遺産や品物を譲りたいと願うのは、至極当然のことでしょう。

その話を聞きながら、私はなるほどと納得させられました。お正月に遺言証書を書けるということは、また一年を無事に過ごせたということでもあります。その感謝の気持ちを実感しながら、自分の財産の行く末をきちんと決めるのです。

遺言を書くのに、お正月ほどふさわしい時はないかもしれません。また、そうして毎年遺言を書けば、親切にしてくださった人を思い浮かべ、改めて感謝することもできます。

血縁だけにこだわる従来の考え方と違い、非常にさっぱりとしていて、それでいて人との縁やふれあいを尊重するやり方だと感心してしまいました。

自分が文字通り汗水流して得たお金を誰に残すかというのは、非常に大切なことです。遺言に記されている内容はひとりの人間が生きてきた証でもあり、残された家族を守るためのものでもあります。

子どもたちがそれぞれに独立して結婚をすれば、新たな親戚も増えます。いざ相続ということが発生したときに、うるさいことを言い出す人がいないとは限りません。きちんと生きるということは、自分がこの世から消えた後のことまで、自分でけじめをつけるということでもあるはずです。

私が自分宛の夫の遺言証書を手にしたのは、夫の葬儀を無事に終えた後のことでした。その当時、私はお金の管理すべてを夫に任せていたので、家にどのくらいお金があるのか、あるいはもしかしたら借金があるのか、まるで知らされていませんでした。

それどころか、原稿料はすべて夫が設立した岩崎企画という会社に振り込まれていたので、その通帳がどこにあるかさえもわからない始末でした。これではお葬式もできないと、途方に暮れたほどです。

結局、お葬式そのものはお香典でまかなうことができましたが、葬儀が一段落すると、にわかに不安になりました。本当にもし、借金でもあったらどうしようと、気が気ではなかったのです。

夫の遺産をもとに「橋田文化財団」を設立

私たち夫婦はいろいろなことを話し合ってきたつもりでしたが、なぜかお金については夫ときちんと話し合ったことがありませんでした。管理を任せた以上、彼の権限にふみ込んではいけないという遠慮もありました。

幸い借金はなく、株で儲けたお金なども含めるとかなりの額が遺産として残されていることがわかりました。また、その遺産をめぐって嫌な思いをするようなこともありませんでした。銀行の貸金庫の中から夫の遺言証書が発見されたのです。

それはきちんとした公正証書で、開封すると「全財産を妻に譲る」という内容が記《しる》されていました。そんなものを用意していたとは……。

その遺産をもとに設立されたのが「橋田文化財団」です。財団では放送文化に貢献した人や作品を対象として大賞の他に五つの賞を設け、私の誕生日である五月十日に毎年受賞式を行っています。

その「橋田文化財団」に私は自分の財産すべてを寄贈することに決めています。放送業界で得たお金を放送のために役立てて欲しいと思うからです。それは夫の願いでもありました。

なぜ長男の嫁に相続権がないのか

遺産は個人の意志が尊重された使い方がされてこそ、生きたお金となるのではないでしょうか。

たとえば、家族でお店などを経営している家で、一家の主が突然倒れて帰らぬ人となった場合、店を守ってきた故人は、跡継ぎに店を守って欲しいと願っていたことでしょう。けれども、そのことをきちんと意思表示をして店の権利などを明らかにしておかなかったら、商売に何の貢献もしていない親戚のために、せっかく軌道に乗っていた店を手放さなければならない最悪の事態も起こりうるのです。

『渡る世間は鬼ばかり』の第一部で、「幸楽」の主であるキミの夫が亡くなったときは、まさにそういったケースでした。店を継いだ長男である勇に、嫁に行った二人の妹たちが相続権を主張し始めたのです。

私がどうしても納得できないのは、こうした場合に長男の嫁に相続権がないことです。世の中には献身的に姑を介護し、看取ったお嫁さんが報われず、普段めったに会うことのない親戚に遺産を取られたという話がよくあります。

だからこそ第六部では、キミに遺言証書を書かせたのです。その内容は全財産を嫁の五月に譲るというものでした。

さんざん嫁に悪態をついてきたキミも、五月なしには店が続けられないことをようやく認めたということです。

もっとも遺言証書などはいつでも新しく書き直せますし、キミのことですから次に始まるパート7ではどうなるかはわかりませんけれど……。

「縁起が悪い」と、うやむやにしていてはいけない

私がドラマを通じて伝えたかったことは、「遺言証書を書く」という行為はこれからもっと当たり前になっていってほしい、ということです。

財産のこと、自分が入るお墓のこと。このお墓の問題も本人が本当はどうしたかったのかを確かめる手だてもないままにトラブルの火種になりがちです。これも生前にちゃんと考えておかなければならない問題のひとつです。

こういった問題を「縁起が悪い」とばかりにうやむやにしておいたのでは、残された家族もたいへんです。自分が最期を迎えるとき、その後のことはどうして欲しいのか。そこまでをきちんと自分で意思表示し管理することが大切です。

どうしよう、どうしようなどと先延ばしにせずに、実行できることはすぐにしたいものです。気が変わったら、そのつど変更すればいいことです。

決めることを決めてしまうと、あとは気楽なものです。心おきなく自分がやりたいことをやり、好きなように自由に生きればいいのですから。

4　他力本願でない生きがいを見つける

いくつになってもチャレンジし続けたい

私が「ひとりは楽しい」と心底思えるのは、仕事を持っているからなのかもしれません。働くということは、単に収入が得られるということだけではありません。

結婚したとき、夫を亡くしたとき、仕事があったためにたいへんなこともありましたが、逆に仕事に救われたことがあったのも確かです。

どんなに辛く、苦しいときでも、締め切りは待ってくれません。たとえ夫が闘病中であろうと、それは一個人の事情に過ぎないのですから「やらなければならないこと」は、やり通さねばなりません。

ただ、その一方で、「やらなければならないことがあった」おかげで、必要以上に思い悩み頭を抱え込まずにすんだともいえます。ストーリーに入り込んで執筆している時間は、そのことだけを考えていればいいのですから。

振り返ってみれば、いつでも私は仕事とともに歩いてきたように思います。これは、生きがいなどという言葉より、もっと強い関係で密接に結びついたものです。

私には子どもはいませんが、たとえば子どもや孫を生きがいに毎日を暮らすのも、楽しいかもしれません。ただ、忘れていけないのは、子どもや孫は自分の身内であると同時に、ひとりの人間だということ。いつまでも「かわいい○○ちゃん」のままではいてくれないのです。

それを忘れてしまうと、「幼い頃にはあんなに慕ってくれたのに、このごろあの子は冷たいわ」などと、恨みがましいことを言うようにもなりかねません。

相手に期待して待っているだけでは、満たされなかったときの思いばかりが増大して、僻みっぽくなることもあるでしょう。そうなったらますます相手は遠ざかってしまいます。

そんな他力本願の生きがいには見切りをつけて、自分のやりたいことをドンドン見つけ、積極的にチャレンジしたほうがずっと楽しいはずです。

自分自身の楽しみを持たずに暇を持てあましているからこそ、子どもや孫のことが気になってしまうのです。少し考え方を変えて、自分自身のための時間をもっと重要視したほうがストレスの少ない毎日を過ごせるのではないでしょうか。

「そんなことを言われても金銭的に無理だわ」というのであれば、自分で稼げばいいのです。

「もう年だし、今さら私にやれることなんて何もない」と、あきらめてしまっては何も始まりません。それに自分で稼いだお金で自分の好きなことをするのであれば、誰にも口出しする権利はないのです。自分で稼いで自分で使う。こんなにスッキリしたことはありません。

そして、仕事そのものがひとつの生きがいになれば、一石二鳥です。どうせ何かをやるのであれば、むしろそうあるべきだと思っています。

調理師の資格を取った『渡る世間は鬼ばかり』のタキさん

『渡る世間は鬼ばかり』に登場するタキさんは、「おかくら」で働くうちに調理師を目指すようになり、若い人に交じって試験を受けて見事合格しました。年齢は関係ありません。いくつからでも、もう一つの人生を始めることができます。

もう何十年も主婦をやってきたのですから、彼女にとって料理はお手のもので、タキさんは主婦としてのキャリアを活かして、調理師という資格を得ることができたのです。

試験に合格するには学科も新たに勉強しなければなりませんが、学生気分に戻ってもういちど勉強をするというのも、考えようによっては案外楽しいものかもしれません。

特に料理が好きだというのなら、タキさんのように調理師を目指すのもいいでしょう。また、家事全般の経験を生かすなら、家政婦として働いてみるのもいいかもしれません。

家政婦と聞くとなんだかみじめに思う人もいるかもしれませんが、それは違います。私自身、本気で家政婦になろうかと思ったことがあるくらいです。

何もできないから家政婦になるのではありません。これまで主婦として実践で積み重ねたものがあるからこそできることなのです。せっかく今まで何十年も家の中の仕事をしてきたのですから、それを活かさないのはもったいないことです。家政婦という仕事はスペシャリストが要求される仕事です。生半可に家事をこなしてきた人にできるはずがありません。

家事の〝プロ〟として働くという方法もある

ただ、十人の主婦がいれば家事のやり方は十通りの方法があることでしょう。自分の家のやりかたが最良とは限りません。経験という過去の引きだしだけで処理しようとすると、行き詰まってしまうかもしれません。

プロとして働くのだということを意識して気持ちを新たに仕事に取り組めば、家事のエキスパートになれるはずです。

この汚れを落とすにはどういう洗剤と道具を使えばいいか、またそれはどこへいけば買えるのか、どういうやり方が一番効率がよく効果もあるのか……そういったことを常に考え、知識や技術を身につけたプロフェッショナルな家政婦がいたとしたら、引っ張りだこになるはずです。

どうせやるのだったら、そのくらいの気概を持って欲しいものです。そうなれば仕事に誇りが持てるし、何よりも自分自身が楽しいと思います。誇りが持てれば、それは生きがいにもつながります。

もちろん収入も、誰でもができるような仕事をしている人に比べたら、数段アップすることでしょう。

また、人に侵されないものを持っていれば、周囲も一目置くはずです。それくらいのパワーを持っていないと、これからの老後はたいへんです。

お金はあって邪魔なことはありません。いま現在、ご夫婦とも健康で生活の心配がないという人でも、この先何があるかわかりません。大病や怪我で入院することもあるかもしれません。

退院しても車椅子の生活が待っていることだってあるのです。最悪の場合は寝たきりになってしまうこともあります。

子どもに面倒をみてもらうからいい、という考え方もあるかもしれませんが、子どもに全部寄りかかってしまったら、精神的にきゅうくつな思いをすることだってあるでしょう。だったら、自分のお金で自分の面倒をみたほうが気が楽ですし、精神衛生上ずっと健康的です。幸い病気をせずにいられたなら、その分だけゆとりのある生活が送れます。

健康で体が動くうちは何でもやってみるべきです。

「ずっと専業主婦で何の資格も持っていないからダメだわ」などとあきらめずに、もう一度自分を育て直すのです。

5　子どもに頼らない生き方

家族との縁を自分から断ったタキさん

　人づき合いをする中で、どこかで見返りを期待しながら相手に尽くし続けていった結果、「裏切られた」と思い込む人も多いようです。

　その最たるものが、子どもかもしれません。将来は子どもに面倒をみてもらおうという期待のもとに子どもを甘やかしたところで、親の思う通りになるものではありません。相手は生身の人間なのですから。

　老後の面倒は子どもが見るのは当たり前、という時代ではないのです。たとえば、前にも紹介した『渡る世間は鬼ばかり』のタキさんは、いつまでも親をあてにする子どもたちに見切りをつけ、亡夫の遺した家を勝手に処分して、自分から家族との縁を絶ったといういきさつがあります。

「おかくら」で働くようになってから発奮して調理師の免許も取り、自分自身の生きがいを見つけました。人生の後半を、精神的にも経済的にも自立してのびのびと楽しんでいる、そんな女性です。

現実にもそういう女性は増えている、というのが私の実感です。ドラマなのでかなり誇張はしていますが、現にタキさんは実在の人を参考にして描いているのですから。

これからは、彼女のように自分から家族を捨てるくらいの度胸があってもいいのではないか、そんな提言をタキさんの生き方に私は込めたつもりです。

自分の人生に「老後」などという言葉は存在しないと思っています。いつからを老後という範疇に入れるのでしょうか。定年後とか子育て後という言い方ならわかりますが、「老いの後」とは、いったい何を指しているのでしょうか。

例えば夫を亡くし、子どもも家庭を持って別々に暮らしている八十歳の女性がいるとします。「私はいま老後を生きている」と思っているのでしょうか。違うはずです。今日を生きているのです。いつでも現役の人生なのです。

逆に「将来はあの子に見てもらおう」などと勝手に期待して、二世帯住宅を建てたものの、息子夫婦とはほとんど接触がなく、「こんなはずじゃなかったわ」などと愚痴ばかりこぼしている人は案外多いようです。

そういった人の中には息子夫婦のことが気になり、その生活の様子を窺い見ては、「確かに昨日お菓子をもらったはずなのに私にはくれない」とか、「すき焼きを食べているのに呼んでくれない」などと、ささいなことで僻んでいる人もいるようです。

お菓子など自分で買えばいいことです。息子夫婦がすき焼きを食べているなら、自分はそれよりもっとおいしいものをこしらえて、友達もどんどん招《よ》んで楽しく暮らすというのはどうでしょう。ことあるごとに息子夫婦の生活を気にして、毎日毎日恨み節で暮らしたところで何も解決しません。

期待しすぎるから裏切られたと思ってしまう

いざとなったら子どもに見てもらおうなどと思うこと自体が大間違いで、期待しすぎるから裏切られたと勘違いしてしまうのです。

子ども達にとっては、それは裏切っているのでもなんでもありません。話し合ってもいないし約束もしていないのですから、親の思惑がわからないのです。これは「十ないでしょうか。

を期待して五しかもらえなかった」からそう思ってしまった、そういうことなのでは

だったら、その考え方を改めればいいだけのこと。最初からずっとゼロでいればいいのです。最初がゼロだったら「五しかもらえなかった」ではなく、「五ももらえたわ」と思えます。

「家を建ててあげたのに」「マンションの頭金を出してあげたのに」などと等価交換のように思っていたのでは、いつまでたっても不満しか得られません。

若い夫婦に充分な資金がないというのであれば、家を建ててあげるのもいいでしょう。ただし、そのお金はあげるのではなく、貸すのです。親子といえどもきちんと契約書を作成し、息子夫婦から毎月きちんとお金を返してもらうのです。自分はそのお金でのびのびと楽しく暮らせる方法を考え、工夫するべきです。

それでは子どもがあんまりかわいそうだと思うなら、返してもらったお金を当人たちのために貯金しておいてもいいでしょう。大切なのはきちんと「けじめ」をつけるということです。そうやっていつまでもズルズル援助をしていると、子どもは甘えてしまい、自立できなくなってしまいます。

子どもをいつまでも自分のものだと思っているから子どもはそれに甘え、甘えられることで親は満足してしまうのです。これでは親も自立できません。

子どもは子ども、私は私

たとえ家族といっしょであっても、「基本的には自分はひとりなのだ」という意識を持ち、「二十歳過ぎたら子どもは社会のもの、子育てが終わったら社会にお返しする」というのが私の考え方です。

少子化時代とあって、子どもひとりに使うお金は確実に増えています。子どもにできるだけのことをしてやりたい、という親の気持ちはごく自然なことでしょう。しかし、子どもに対してお金を使いすぎるのは考えものです。

冷たいことを言うようですが、私は大学の学費はあとで親に返すくらいのシステムがあってもいいと思っています。高校までは親が出しても、そこから先はやがて大学を卒業して社会人になったら、分割して子どもから返してもらうのです。

そうすれば子どもにも自立の意識が芽生えます。親にしてみれば、子どものためだけにお金を全部使ってしまったら、これからまだまだ長い人生を生きるのはたいへんです。

親にとって子育てが終わった時は、もう一度自分に戻れるときです。だからこそ、もう一度自分を育て直すことに時間とお金を費やすことをぜひお勧めします。

親も子もそれぞれにちゃんと自立してこそ、お互いにいたわり合えるというもの。お金のことを言うのは冷たいとか汚いとかいう意識はなくして、親も子も自分自身の生き方を根本的に見直さないと、それぞれの幸せを見つけることはできないのではないでしょうか。

ベタベタした親子関係は卒業して、さっぱりと生きるほうがずっと心地よいと、私は思います。

6　感謝を忘れない

神様が守ってくれている

熱海市内にある来宮《きのみや》神社で行われる恒例の行事には、毎年節分にピンクの裃《かみしも》を着て豆撒きをしたり、夏のお祭りで御神輿をかついだりして、毎年可能な限り氏子《うじこ》の皆さんといっしょに参加しています。

ドラマが始まるときは、ヒット祈願のお参りに、旅行へ出る際には方角を占っていただくなど、日頃お世話になっている神社に対する恩返しの気持ちもあってのことです。

熱海に移り住むようになってからずっとドラマの視聴率もよく、自分自身が大病をすることなくこれまで元気に書いてこれたので、その感謝の気持ちを表そうということなのです。

東京で暮らしていたころも近くに大きな神社がありましたが、当時は神社の行事に自分が参加するなど思ってもみませんでした。その土地に住んでいる人間として、氏神さまにお参りをしようという意識は、熱海に引っ越してから芽生えたものです。

神様が守ってくださっているからこそ、私はこうして元気でいられる。そう思って神様に感謝すると、自分自身がどことなく安心するのです。

だから感謝しているとは言いながらも、結局は自分のために拝んだり行事に参加しているのかもしれません。

でも、それで精神的安定が得られるのだとしたら、ありがたいことではありませんか。

そうしたことを暮らしの中にうまく取り入れるというのも、日々を楽しく過ごすちょっとしたコツかもしれません。

最初はただお参りをしていただけなのですが、次第に神社での行事を運営する団体「奉賛会」のお手伝いもするようになりました。そのうち「奉賛会」は主に男性が中心で婦人会のような組織がなかったため、女性を対象にした「楠《くす》の実《み》会」をつくるこことなり、ついにはその名誉顧問までお引き受けすることになってしまいました。

たとえひとり暮らしでも、季節ごとの行事を大切に

地域の皆さんといっしょにあれこれお話をしながら参加する神社の祭礼は、平凡な日常に彩りを添えてくれるとともに、気分転換にもなり、気持ちがいっそう安らぎます。

家でも新旧ふたつの家におまつりしてある神棚と夫と両親のお位牌を収めた仏壇を、毎朝欠かさずに拝んでいます。

ゲストハウスとして建てた新しい家は洋風の建築で「ペンションみたいだ」と言われたこともあるような造りなので、そこに不似合いな神棚があるのを見て、「どうしてここに神棚が……」と不思議がる人も多いのです。

確かに違和感はあるのですが、なかったらやはり気になってしまいます。こだわりというほど大げさなものではありませんが、ひとりを楽しく過ごすには、なにごとも自分の気がすむようにする、そのひとことに尽きます。

ですから我が家では、たとえひとりでも、季節ごとの行事はできる限りきちんと行

うことにしています。

毎年暮れになるとお正月の準備で大わらわです。私が寝起きをしている古いほうの家と新しいゲストハウス、それぞれに大きな門松を立て、鏡餅もそれぞれにお飾りをします。そうしないことには、新年を迎える気がしません。元旦にはいつもよりちょっといい食器を使い、祝箸をおろして新しい年を迎えた新鮮な気持ちを演出します。冬至にはゆず湯、端午の節句には菖蒲湯、秋にはお月見もします。

わざわざ忙しい思いをして何をしているのだろう、と思うこともありますが、ひとりだからという理由でやめようと思ったことは一度もありません。家族がいてもいなくても同じです。昨日と今日は続いていても、季節の移り変わりはやはりきちんと味わいたいのです。

それに、もし、やめたら今度は気になって仕事が手につかなくなる、なんてことになりそうです。

7　起きてしまったことはクヨクヨ悩まない

生まれて初めての盗難事件

私は家相とか方位を信じるほうで、家を直したり旅行に出かけたりする際には、必ず来宮神社の宮司さんに占っていただくことにしています。

この方角はよくない、と言われれば旅行も取りやめてしまうくらいです。せっかくご神託をいただきながら無視して出かけて、もし何か起こったときに、「やっぱりやめておけばよかった」と思いたくないからです。

宮司さんから二〇〇三年の二月まで私の運勢はよくないと言われていたのですが、いくつかのアクシデントに見舞われたことを思うと、結果としては当たっていたような気がします。ただ、最初から「よくない」と言われていたため心の準備ができていたせいか、あきらめがつくのも早かったようです。

もし不運なことが起こっても、いつまでもクヨクヨ思い悩まず、発想を転換すること、これが私の信条です。起きてしまったことは取り返せないのですから、思い悩んでムダな時間を過ごしたくなどありません。

「よくない」と言われていた年に起こったこととは、二度も事件が発生したことです。

その一つは生まれて初めて財布を盗まれてしまったのです。

その日、私はお手伝いさんといっしょに車でスーパーマーケットに出かけました。いつもの行きつけの店です。かごを持って品物を選んでいたとき、買い物かごにドシンとぶつかってきた人がいました。そのはずみで私はかごを落としてしまい、床には食品が散らばってしまったのです。

あわてて私たちがそれを拾っているすきに、何と仲間らしき人物に、バッグに入れてあった財布を取られてしまいました。銀行の現金引き出し機などで複数の犯人による強奪事件のニュースを聞くことがありますが、あれと同じ手口です。

誰かが私の財布を狙っているなどとは、まったく思いもよらないことでした。我ながらのんきなもので、財布を盗まれたことに気づいたのは家に帰ってからのことでした。レジの支払いはお手伝いさんに預けてある財布ですませたため、私が自分の財布を開ける必要がなかったのも、発見が遅れた一因です。

スーパーで私にぶつかってきたのは年輩の女性で、仲間らしき人物も同年輩の女性のようでした。こともあろうに〝おばあちゃんコンビ〟にまんまとやられてしまったのです。

盗まれた財布に入っていたのは、現金が約十万円と銀行やクレジット会社のカードが数枚。あわててカード会社に連絡をしたおかげで、カードによる被害はなかったのが不幸中の幸いです。

「赤いものは魔除け」と信じて

困ったのは、楽しみにしていた長野県の諏訪湖で毎年開かれる花火大会の切符がその財布に入っていたことです。

長野県の「諏訪湖上花火大会」は湖面に映し出される花火の美しさや、ぐるりの山に反響した音の迫力が人気のスケールの大きな花火大会で、なかなか切符が取れないのが実情です。手を尽くしてようやく手に入れた切符で、親しい友人五人と行くことになっていたのに……。

盗んだ人がその価値を知っていて切符がどこかに売られてしまったら、もう私の座るべき席はありません。そう思うと、くやしくてたまりませんでした。

だからといってそのままあきらめる気にもなれず、花火大会当日はドキドキしながらも当初の予定通り五人で会場へと出向きました。

受付で事情を説明すると、思いのほかあっさりと理解を示してくれ、私は友人といっしょに花火を楽しむことができました。私が座ることになっていた席は空席のままだったのです。

それからしばらく経ったある日のこと、今度はゲストハウスの窓ガラスが台風の突風で割れるという事件が起こりました。不在中のことでしたが、床に散らばったガラス片を片づけるのはたいへんな労力でした。

割れたのは吹き抜けの二階部分にある大きな窓ガラスで、それが一階の床まで落下したのですから、もしそこに誰かいたとしたら、たいへんな怪我をしたにちがいありません。

財布の件もガラスの件も起こってしまったことは仕方がありません。結果として花火は見られたし、失った十万円で厄落としをしたのだと思えばあきらめもつきます。そして、ガラスが身代わりになってくれたので、誰も怪我をせずにすんだのだと思うことにしました。

そんなことが続いたからというわけでもありませんが、私はいま部屋の隅に小さな郵便ポストを置いています。郵便局でもらった、どこにでもあるポスト型をした貯金箱です。

赤いものは魔除けになると、本で読んだのがきっかけです。その本によると、昔の女性がよく赤い腰巻を身につけていたのも、そんな理由だそうです。

「赤が魔除け」だなんてそこにどんな根拠があるのかはわかりませんが、昔からの言い伝えには一理あるとも思っています。もちろん赤い物に囲まれたところで、来るべく災難はさけられないでしょうけれど。

けれども、気持ちの慰めにはなります。たとえば、「あの方角に行くといいことがあるよ」と言われれば、そこへ行くのが楽しみになるように、ものは考えようです。

占いやおまじないをばかばかしいと排除してしまうより、ずっと愉快ではありませんか。私の持っている洋服に赤が多いのも、そんな理由からです。

8　ひとりの自分を楽しむには

遊び方がわからない六十代、七十代

家族がいるから寂しくないとは限りません。むしろ家族といっしょにいても、気持ちが通い合っていなかったとしたら、そのほうがずっと孤独かもしれません。家族の中の孤独を訴える方も少なくないのですから。

私と同じような考えを持つ人もだんだん増えてきましたが、もっともっとひとりの自由を楽しめる人が増えてもいいように思います。

今の私たちの世代は戦中戦後の混乱期に青春時代を過ごしたために、若いときに遊ぶことができず、楽しむ方法がわからないという人もいるようです。

楽しみ方がわからなかったら、知っている人に教えてもらえばいいのです。どんどん外へ出て行って、新しい人と知り合いになればいいのです。

現実に私が通っているアクアエクササイズの講習にも、ひとりでいらしている方がたくさんいます。こういった講習を利用するのもひとつの方法です。

興味を持って調べてみると、スポーツだけでなくカルチャースクールではダンスや手芸、絵画などいろんな教室が開催されています。その中に何かひとつぐらいは興味の持てるものが見つかることでしょう。各市町村などの自治体が運営するものであれば、受講料もお手頃なはずです。

その教室に集まる人というのは、同じ趣味を持った仲間です。共通の話題に困ることはありません。そこで友達ができ、その友達からまた別に輪が広がっていくこともあるはずです。

必要なのは、少しの勇気とそして体力

家の中にばかりいないで、とにかくどんどん外へ出ることです。必要なのはほんのちょっとの勇気、それから体力。

また、世間にはいろいろな人がいますから、騙されないように知恵もつけなければ

なりません。ひとりを楽しむには体も使いますし頭も使います。ということは健康維持やボケ防止にもなるのです。

もちろん若い時のようには体は動かないでしょうし、頭の回転も判断力も少しばかり鈍くなっています。それでいいのです。何でも昔と同じである必要はありません。体力や瞬発力がない代わりに、私たちには知恵があります。長年培《つちか》ってきた知恵、深い洞察力は若い人に負けません。気楽にいきましょう。

精神的、経済的自立に加えて、大切なのは肉体的自立。何をするにも健康がまず先決であることは、言うまでもありません。ですから、ひとりを楽しもうと思えば、まず自分の体を長持ちさせるにはどうすればいいのかをおのずと考えるようにもなります。

ひとりの自分を楽しめるということは、それだけ健康で長生きができるということにもつながっていくはずです。

第四章

人生は一度だけ。行きたいところへは行こう！

1　豪華客船「飛鳥」に乗って憧れの南極へ

旅の楽しみがあるから頑張れる

民放でいま放送されているほとんどの連続ドラマは三カ月区切りですが、『渡る世間は鬼ばかり』は一年間続きます。放映期間が長いドラマを持っていると、当然のことながら、執筆期間中はそのことに集中しなければなりません。

病気や怪我でもし原稿が書けなくなったら、スタッフや出演者の皆さんに多大な迷惑をかけてしまうことになります。ですから健康に気をつけて、黙々と仕事をこなす一年を過ごすことになります。

そして最後まで無事に書き上げたら、毎回必ず旅行に出かけることにしています。

一日原稿用紙十枚というノルマを自分に課して毎日ひたすら原稿を書き続けてきたの

ですから、旅はがんばった自分へのご褒美です。また逆をいえば、こういう楽しみが先に待っているからこそ、仕事もがんばれるというものです。

鼻先に人参をぶら下げられて走る馬のようで我ながら単純だとは思いますが、こうすると気持ちに弾みがついて、思いのほか楽しいものです。単調な日々も、「あと何日たったら旅行に出られる！」と思いながら過ごせば、気持ちも浮き立ってきます。

あちこち行きたい私にはピッタリの「クルーズ」

そしていま、とても楽しみにしていることがあります。それは南極への旅です。

三カ月九十一日間のクルーズなのですが、二〇〇四年の新春に日本を出発して南洋の島々をめぐりながら南米を目指し、そこから別の船に乗り換えて南極大陸に渡るという旅程。

三カ月の豪華クルーズとは、本当に贅沢な旅です。けれども、食事に気をつけ健康のためにフウフウいいながら犬の散歩をし、原稿用紙のマス目をひとつひとつ埋めて自分で働いたお金なのです。自分の使いたいことに使ってこそ、働いた意味があるというものです。

単に旅行といっても人によって楽しみ方はそれぞれでしょう。たとえば、一緒にハワイへ行ってもホテルからほとんど出ない人もいます。こういう人はのんびりとリゾートを楽しむのが好きなタイプです。

私にはこうした滞在リゾート型の旅行は不向きです。ひとところに落ち着いてゆっくりする、ということができないたちなのです。せっかく出かけたのならできるだけいろいろなところを訪れたいというのが希望です。だから同じ場所へ何度も行くということもあまりありません。常に新しい国、知らない場所へ旅したいと思ってしまいます。

そんな性分ですから、ある国に出かけても行きたい場所があちこちにあり、その目的地それぞれに泊まることになり、宿泊先は複数になってしまいます。そして宿を変える移動の道中もまた楽しみのひとつです。

ただその場合にやっかいなのが荷物です。宿が変わるたびに荷物を入れたり出したりするのはめんどうですし、荷造りにかかる時間ももったいない。

その点クルーズだと、荷物を部屋に置いたまま動かさないで済みます。もちろん規模にもよりますが、長期にわたるクルーズというのは、簡単にいうと海の上をホテルごと移動しているようなものです。

これまでにカリブ、エジプト、アラスカなどで体験してみて、クルーズがすっかり気に入ってしまいました。寄港地に近づくと、陸地がこちらにやってくるようにも見えて、普段は味わえないその不思議な感覚もクルーズの魅力のひとつです。

とにかく、生きている間に南極と北極に行きたい！

何度かそんな体験を繰り返すうちに、「一度いやというほど船に乗ってみたい！」と夢みるようにもなりました。そこでずっと注目していたのが、長期のクルーズを行っている豪華客船、「飛鳥」です。

パンフレットによると「飛鳥」は日本船籍最大の客船で、客船のグレードを星の数で表す評価で最多の五つ星を得ているものです。五百四十六人乗りの船に乗組員は二百七十人、つまり乗船客二人に一人の割合でスタッフがいるということになります。

船の中には映画館、カジノやプールもあれば美容院などいろいろな施設が揃っています。十階には海が一望できるスパもあります。これは海の上を移動するホテルどころか、ちょっとしたショッピング・モールのような感じです。

憧れのクルーズに加えて、私はかねてより「生きている間に北極と南極へ行ってみたい！」と願い続けてきました。「なぜ？」と聞かれると困ってしまうのですが、とにかくその両方へ行きたいのです。

何をしたいということでもありません。ただ「北極へ行った！」「南極大陸を踏んだ！」、それでいいのです。本当に単純な動機です。

「飛鳥」の新しいツアーが発表になるたびに、「今度はどの方面へ行くのだろう」「南極は入っているだろうか」と、ずっと注目してきました。

そして、発表になった二〇〇四年新春のツアーには、なんと南極もコースに入っていたのです。南極大陸へはツアーの途中で「ブレーメン」という別の船に乗り換えて渡ることになります。

「ブレーメン」というのは耐氷船で、この船で大陸まで近づいて、さらにエンジンつきのゴムボートへと乗り換えます。

豪華客船でそのままは近づけない、というのもますます冒険心が高まってきます。自分の足で南極大陸を踏んだ感触はどのようなものだろうか。また、そのときに自分は何を感じるのだろうか、と考えただけでもわくわくします。

TBSに頼み込んで遅らせてもらった『渡鬼』パート7

さっそくツアーデスクに問い合わせました。どうせなら一番いい部屋で過ごしたいと思ったのですが、すでに予約でふさがっていました。しょうがありません。その次のスイートを予約することにしました。ランクを下げたとはいっても、それでもツアー料金はサラリーマンの年収分ぐらいはかかります。

本当にたいへん贅沢な旅行だとはわかっているのですが、〝一生に一度〟です。私がどうしても行きたいと願っていた南極に、それも一度は乗りたいと夢みていた「飛鳥」で行けるのです。お金はそのときのために一生懸命働いて貯めてきたようなものです。

パンフレットには、「七十歳以上の方はご遠慮ください」と記されていますが、もちろんそんな断り書きなど気にしてはいられません。医師の許可さえあれば参加できるのですし、そのためにちゃんと体だって鍛えているのです。

洋上での三カ月にも及ぶ旅行とあって、私の健康を気遣って心配してくださる方もいますし、「やめたほうがいいのでは」という意見もありました。けれど、私は「絶対に行く！」と決めていました。何が何でも調整をつけて、南極に行くつもりです。

実はTBSからは『渡る世間は鬼ばかり』のパート7を二〇〇四年の春にスタートさせたいという要望がありました。放送開始が四月となると、クルーズの時期は執筆の渦中です。

まだ、駆け出しの若い作家ならおおいに迷うところでしょうが、私は迷いませんでした。申し訳ないながらも、とにかく「行くこと」を前提に局側と話し合い、放送開始の時期を遅らせてもらうことにしたのです。

作家のわがままかもしれません。けれど、こんな機会が生きているうちにまためぐってくるとはとても思えません。ですから、絶対に譲りませんでした。

わがままと思われようとも、こんなときにわがままを通さなかったら、後々後悔するに決まっています。

2　ユースホステルから始まった私の旅

いまも続いている旅仲間との友情

旅行は私の何よりの趣味です。若いころから旅が好きで、映画会社に勤めていたころは日本中のユースホステルを泊まり歩いたものです。

その旅で得た経験は、私の貴重な財産となっています。プライベートはもちろんのこと、仕事面においても図らずして役に立っているようです。

二十歳で終戦を迎えた私たち世代は、いまの人たちのように若いときから自由に旅行ができるような環境ではありませんでした。だからこそ、どこへでも行ける時代になったとたん旅をしたいという気持ちが抑えられなくなり、働いて自分のお金ができるようになると、休みを見つけてはどこかへ出かけたものです。

地図やガイドブックを参考にして旅行プランを立て、電車を乗りつぎ、それこそどこへでも出かけて行ったのですが、困ったのが宿の問題でした。

ユースホステルを利用するようになったのは、そのためです。女がひとりで旅行するのはまだ珍しかった時代のこと。「失恋でもして自殺するのではないか」と警戒され、ひとりではどうしても旅館に泊めてもらえません。

冗談じゃありません。戦争をくぐり抜けてきた大切な命です。自殺だなんてとんでもない。そんなことを考えるはずがありません。困り果てて交番に飛び込み、お巡りさんに事情を話して旅館に同行してもらった末にようやく宿を得たこともありました。

その経験ですっかり懲りてしまい、それからはユースホステル中心のプランに切りかえたのです。昭和二十年代のことですが、当時のユースホステルは活気に満ちていました。ユースホステルを使って旅をする人たちは、本当に旅好きの人ばかり。お互いに情報を交換するなど、旅館に泊まったのでは味わえない楽しみがたくさんありました。

うれしかったのは、たくさんの人と出逢ったこと。それまでは学生時代の同じ学科の友人や同じ業界の人たちしか知りませんでしたが、ユースホステルにはさまざまな職種の人がやってきます。

自動車工場の流れ作業で毎日ボルトを締めているという青年、大学の歯学部に通っている学生さん、商家のお嬢さんなど、違う世界の興味深い人たち……。多くの人と語り合ったあの楽しさは、いまも忘れられません。

旅で知り合い、いまでもいっしょに旅行をする友達ができたのも、このころのことです。一個人として長くつきあえる友達は大切な財産です。

『おしん』の両親との別れのシーンも、旅の体験から

また日本中を旅行したおかげで仕事に役立ったのは、いろんな風景がパッと頭に浮かぶことです。こういうシーンを撮影するならあそこでロケをすればいいな、という見当がつくのです。

『おしん』で、少女時代のおしんが筏《いかだ》に乗せられて両親と別れるシーンもそのひとつでした。舞台となった山形は叔母の疎開先だったのですが、その叔母から子どもが筏に乗せられて奉公に出されたという昔話を聞いたのです。そのことがまず強烈に私のなかにインプットされていました。

そして後になって最上川を上流まで歩いてみようと計画し、当時の情景を想像しながらユースホステルを泊まり歩いたことがあったのです。明治、大正、昭和を生きた女性のドラマを書こうと思い立ったときに、その旅で見たものがくっきりと甦ってきたのです。

初めての海外旅行もユースホステルを利用しての旅でした。ユースホステルの世界大会が開催されると聞き、参加を申し込んだのです。

オランダから出発してルクセンブルクを経てアルプスを越え、ドイツへ入り……と、細かい旅程は忘れてしまいましたが、四十五日間に渡ってのバス四台のツアー、総勢百二十名という大所帯でした。

なかには本物のお城がユースホステルになっているところもありました。日本を離れての非常に長い旅だったこともあり、旅仲間が親しくなったのはもちろんのこと、オランダ人の運転手さんともすっかり仲よくなり、別れるときには泣いているメンバーもいたほどです。

当時はまだひとり五百ドルしか外貨を持ち出せない時代で、海外旅行など一部のお金持ちにしか許されない贅沢でした。一ドルが三六〇円なのですから、いくらユースホステルを利用したところで、いまにくらべたらたいへんな出費です。けれど旅先ではお金で買えない体験や感動が待っています。当時の私は決して裕福ではありませんでしたが、それでも行けるチャンスがあるならムダにしてはもったいないと思ったのです。

そしてその気持ちは昔もいまも、まったく変わることはありません。

3　海外旅行はツアーがおすすめ

安心、安全を最優先に

若いころの旅はもっぱらユースホステルでしたが、いまは旅行会社のツアーを利用するようにしています。暇はあるけれどお金はない、という若いときにはユースホステルは便利でしたが、ユース（若い）でなくなったころから、私の旅のスタイルも変わってきました。

日本全国ほとんどのところを巡ってしまい、国内旅行にあまり関心がなくなったというのも、理由のひとつです。

海外となると言葉の問題もあり、自分ですべてを手配する自由旅行というわけにはいきません。そのためツアーに参加することになりました。

外国語に堪能で、体力もある旅慣れた若い人ならともかく、海外旅行をするなら、ツアーに参加するのが一番だと私は思っています。身の安全や健康面を考えても、言葉だけでなく、その国の事情をよく知っているコーディネーターがいっしょのツアー旅行のほうが安心です。

ツアーにもいろいろあり、同じ国を訪れるのでも、旅の目的によってずいぶん旅程が異なってきます。

よく調べもせずに安いからといって、うっかり若い人向けのツアーなどに参加してしまったらたいへんです。たいして興味もない最新の流行スポットなどへ引っ張り回されてくたくたに疲れてしまう、などということにもなりかねません。

実際に旅行社に行き、納得できるツアーを探す

自分がどういう旅をしたいのかをはっきりと旅行社の人に伝えることが大切ですが、まずその前に信頼できる旅行社を選ぶことです。大手の旅行社へ行けば安心と考えている人も多いようですが、私は必ずしもそうではないと思っています。

確かに大手ならお金だけ払わされて騙《だま》されるような心配はないでしょうが、本当に

細かいところまで気を遣ってくれるのは小さなところ、ということもあるのです。大手の場合は、どの地域もまんべんなく扱っていますから手配してもらえない場所というのは、よほどのことがない限りはありません。その反面、ある地域を得意にしている旅行社に比べたら、その地域に限っては細かいところまで行き届かない、ということもあるのです。

とにかくまず、パンフレットだけに頼らずに実際に旅行社を訪ねてみることです。担当者にきちんと自分の要望を告げて、納得のいくツアーを探すことです。自分にとって信頼できる旅行社を見つけるまでには、多少の手間と時間はかかるかもしれません。しかし、滞在先の海外で困った事態に遭遇することを思えば楽なものです。ここで手抜きをすると、後で後悔することにもなりかねません。

ツアーは楽だからといっても、最初から最後まで人任せで頼りきっていたのでは、自分が求めている旅はそう簡単には見つけられません。

まずは自分にとっての旅の目的をはっきりさせて、下調べのために労をおしまずに動くことです。それが満足できる旅をするコツです。

4　旅先での人間関係のコツ

相手の性格を見分けてつき合う

ツアーの楽しみのひとつに、他の参加者と知り合いになれるということがあります。お互い最初は遠慮気味だったのが、次第に仲良くなっていき、やがてはそれぞれの家族のことなどを話し始めるようにもなっていきます。

ツアーに参加しているのは年輩のご婦人方も多く、お嫁さんのおみやげを買うのに若い人に意見を聞いている姿などを見かけることもあり、そんな場面に出くわすと「この人はどんなお姑さんなのだろうか」などとついつい想像をしてしまいます。

旅はいっしょに行く仲間によって楽しくもなれば、その逆もあります。四六時中顔をつき合わせているわけですから、参加している人のこころがけひとつで、旅の印象は大きく左右されます。

快適に過ごすには、参加メンバーがどういう人たちであるかをいち早く、おおざっぱにつかむことです。

マイペースでひとりを楽しみたいと思っている人にまとわりついて迷惑がられているのにそれに気づかない人、オプショナルのツアーにあまり興味がないのになんとなく参加してしまい、心身共に疲れ果てている人。ツアー中はいろんな場面を目にします。

行動を共にするうちに、次第にそれぞれの性格というものが見えてきます。「この人はいつも誰かとしゃべっていたいのだな」とか、「あの人はあんまりベタベタするのは好きじゃなさそうだな」といった具合です。

それらをなるべく早くに見分けてうまく接すると、旅はまたひと味面白いものになるはずです。それにはやはり、まず話をしてみることです。

私には、参加したメンバーの皆さんの話を聞くことを楽しみにしているところもあります。その際には、最初から自分を押しつけようとするのではなく、まず相手はどういう人かなということを考えながら、相手の話を聞くようにしています。

自分をどこまで出せるかというのは、相手によって違います。それを考えずに「自分、自分」というように押しつけていくと、次第に相手は拒絶反応を示すようになるかもしれません。拒絶された側にしてみれば、裏切られたような錯覚に陥り、ショックを受けることにもなりかねません。

ちゃんと話をし、また他の人同士が話しているのをよく聞いていると、それぞれとのつきあい方や保つべき距離感というものは自ずと見えてくるものです。そうしたら後はそのバランスをキープすればいいのです。

「嫌なものは嫌」とはっきり言う勇気も必要

うまくやっていくコツは、仲良くなっても相手に期待しすぎないことです。時には「嫌なものは嫌」と、はっきり言う勇気も必要です。

ノーと言ってしまった結果、「あの人は冷たい」と言う人がいるかもしれません。しかしそんなのは旅行中のほんの一時のことです。気にする必要などありません。そんな他人の評価を気にして、自分の過ごしたいように過ごせないなんてつまらないではありませんか。

もちろん、その「ノー」が他の大勢の人にたいへんな迷惑をかけるようなことであるなら話は別ですけれど。

そのうち、自分と相手だけに限ったことでなく、「あの人とあの人は相性が悪いからあまりいっしょにしないほうがいいな」というようなこともわかるようにもなり、団体の中で自分のいるべき位置もなんとなくわかってきます。

旅行に行ってまで人間関係のストレスをため込むなんて、ばかばかしいことです。だったら、そうならないように心がけたほうが得策です。少々の気遣いと冷静な目を持つことで、旅を快適に気分良く過ごすことは可能です。

私自身はその点において、旅行で嫌な思いをしたことはほとんどありません。ただ、なんとなくまとめ役みたいなことになってしまうことがあり、面倒だなと思うことはあります。

不思議なのは、必ずといっていいほどグループにひとり、妙になついてくる男の子がいることです。「ひとりで歩きなさい」とちょっと突き放しても、ニコニコしながらついてくるのです。

ただ、こちらとしては荷物を持ってくれたりするので、非常に助かっているのも事実なのですが。それを思えばこれはこれでお互いに助け合っているということにもなるのかもしれません。

こんなふうに日常ではあり得ない人間関係が成立するのも、旅ならではのおもしろさです。

5　準備を始めたところから旅はスタートする

梅干し、日本茶、レトルトのごはん、そしてカップラーメン

旅行に行くときは、なるべく明るい色の服を着るようにしています。若づくり、というわけでもないのですが、そうすると気持ちが明るくなりますし、若くなったような気もします。ですから持ち物なども、明るい色を選ぶようにしています。

さて、では旅行には何を持っていくか、どのように準備を進めていくか。私はどこへ行くのでも、必ず持っていくものがいくつかあります。

まず、梅干し。毎朝の梅干しは旅先でも欠かせない習慣です。旅の日数×2個を計算して、一緒に行く友人の分もいっしょに用意します。

気を遣いながら自分だけ食べるのが嫌なので、人の分まで持っていくことにしてい

ます。普段は梅干しなど食べないような人でも、海外で食生活が変わると欲しくなってしまう、ということもあるでしょうから。

そして次が日本茶。ティー・バッグにすれば簡単なのはわかっていますが、どうも私は苦手で、お茶を飲んだような気がしないのです。だから、急須と電気ポットは必需品です。

ツアー旅行ならたいてい食事は全部ついているので食べ物の心配はいらないのですが、なかには食べられないものが出てくることもあります。そんな時のために持っていくのは、お湯の中に入れてあたためればいいだけのレトルトのごはん、それからカップラーメンです。

持っていきたいものを、ダンボールに取りあえず放り込む

旅先のカップ・ラーメンにはちょっとした思い出があります。もうずいぶん前のことですが、脚本家の小山内美江子さんとスペインを旅行したことがありました。

ホテルの部屋に食事を運んでくれるという日が一日だけあったのですが、そのときに運ばれてきたメニューのなかにカップラーメンがありました。

それまでカップラーメンというものを食べたことがなく、日本にいるときはまったく見向きもしなかったのですが、スペイン料理にあきてきたころでもあり、意外においしくて夢中でたいらげてしまいました。今でも日本にいるときにカップラーメンを食べることはほとんどありませんが、海外旅行に行くときだけは別です。

ホテルやレストランでの豪華な食事は確かにおいしいのですが、立派な店であればあるほど堅苦しいというのも事実です。たまにはリラックスしてお行儀など気にせず、ホテルの部屋で湯気のたった熱々の麵をすするのもいいものです。

いつでもお湯を沸かせる電気ポットは、お茶を飲むときだけでなくここでも役に立つことになります。

さて、それらをどのようにして準備して荷造りをするかですが、まず用意するのは大きなダンボール。旅行の日が近づいてくると、ダンボールの中に持ってきたいものをどんどん放り込んでいきます。

あまり直前になってあわてて荷造りをすると、必ず何か忘れ物をします。また、よかれと思って持ってきたものが、実は不必要なもので邪魔になって困るということもありがちです。

ですからいきなりスーツケースに詰め込まず、まずこのダンボールに持っていくものをまとめておくのです。そうすると、実際に荷造りするときにもう一度吟味できるので、失敗が少なくなります。

最初は着ていく洋服や身の回りの必需品、それから日持ちのする食料などが加わり、最後に梅干しやお菓子などを入れます。「さあ、今から旅の準備！」というのではなく、気がついたときに気がついたものをどんどん入れていくのがコツです。

出発の日が近づくに連れてダンボールの中身が徐々に増えていきますが、一度入ったものが外に出されることもしばしば。

こうして準備している期間がまた楽しく、旅は実はそこからすでに始まっているのかもしれません。

6　景色は、そのとき、その場所でしか見られない

飛行機の窓から景色を眺めるのが大好き

旅行に行くときに本が手放せないという人もいるようですが、飛行機に十時間以上乗るようなときでも、私にはまったく必要ありません。雑誌もいらないほどです。何をしているかというと、窓の外を眺めています。本などはいつでも読めますが、旅先の景色はそのとき、その場所でしか見られないものだからです。

国内線と違って国際線は飛行高度が高いので、陸地や海が見えるのは離陸後と着陸前のわずかな時間だけです。あと見えるのはひたすら空と雲ばかり。それでも見ていて飽きないのです。

あるときなどは、そのおかげで貴重な体験をしました。どこへ行く途中の飛行機だ

ったかは忘れてしまったのですが、ほとんどの乗客が窓の覆《おお》いを閉めて眠っていた夜中のことです。とりたてて眠くもなかった私は、ひとり窓の外を眺めていました。

そうしたら……。

オーロラの中を飛んでいる！

窓の外に不思議な光の光景が広がっていたのです。あまりにもきれいだったのでみとれていましたが、すぐに「オーロラだ！」と気づきました。以前に何かの折りに見た映像にそっくりだったのです。

そしてスチュワーデスさんを呼んで確かめたところ、彼女も驚いたほどでした。まもなく機内アナウンスでそのことが乗客に知らされ、眠っていた人も起き出して窓の外の景色にしばし見入ることになったのです。

聞くところによるとオーロラを見に行くツアーも実際にあるそうです。ところが、オーロラは自然現象ですから、そのツアーに参加しても必ず見られるとは限らないと聞きました。また、見られたとしてもそれは地上から見上げるだけですから、遥か頭上のものでしょう。

ところがこのときは飛行中です。オーロラは窓の外のすぐそば、目の前にまるでパノラマのように広がっていました。それはさながらオーロラの中を走っていくような感覚でした。スチュワーデスさんがびっくりしていたくらいなのですから、めったにないことだというのは確かなようです。

こんな体験をしてしまうと、ますます乗り物のなかで本など読んでいてはもったいない、という思いを強くしてしまいます。

7　旅の目的にはこだわる

ろうそく島の絶景をどうしても見たい

飛行機もまったく平気な私は船で揺れるのも大丈夫です。名勝地の中には小さな船で漕ぎ出さないと見られない絶景というものもあり、そういうときは船が苦手ではなくてよかったとつくづく思います。

旅には、のんびりと楽をしているだけでは見逃してしまう景色や体験というものがあります。

たとえば隠岐《おきの》島にあるろうそく島は、夕陽が沈むとき岩の先端に火が点ったように見えることで有名な場所です。ろうそくのように細長い岩の先端越しに、海に沈んでいく夕陽を見ると、火の点ったろうそくのように見えるのです。日没寸前のほんの一瞬、海上の限られた場所でしかその絶景は見ることができません。

そのろうそく島にテレビの旅番組で訪れることになりました。悪天候だと船は出せないという話でしたが、到着した日はとてもいいお天気だったので、これなら明日も大丈夫だろうと安心していました
ところが翌日、午後になると次第に雲行きがあやしくなっていったのです。そろそろ船に乗ろうかという時間になると、まさに「一天にわかにかき曇り……」という空模様。船頭さんも「これじゃあ、今日は無理だなあ」と、にべもありません。少々海が荒れているだけならともかく、肝心の夕陽そのものが出ていないのですからしかたがありません。

番組の目玉であるのにろうそく島の夕陽は撮れませんでしたが、それでも紀行番組らしい映像がまったく撮れなかったというわけではありません。そこに行くまでの映像をつなぎ、「せっかく行ったけれど結局、ろうそく島の夕陽は見られなかった」という結末でスタッフも納得し始めました。

ただここまで来て、その日がダメだったからといってあきらめて帰るのは心残りです。どうしても夕陽を見たい私は、「もう一晩泊まって、明日また行ってみたい」と

言い出し、スタッフをあきれさせてしまいました。ロケ中忙しく働いているスタッフには迷惑な話です。それによけいに一泊すれば経費もかかります。

でも、今日は見られなくても明日なら見られるかもしれないのです。勝手なことを言い出したところで取り合ってもらえないかもしれない、とは思いました。しかしもしかしたら考えてくれる可能性もあるかもしれません。ならばせめてその気持ちぐらいスタッフに伝えてみようと思ったのです。

すると、「いいですよ、先生がそうおっしゃるなら泊まりましょう」とプロデューサーが即決してくれました。やっぱり言ってみるものです。言わずにあきらめてしまっては、何も始まりません。

明日もう一度行って、ダメなら今度はさすがにあきらめるつもりでした。

言わずに後悔するより、言ってダメのほうがマシ

そして、翌日。今度は船を出してもらうことができました。船頭さんはびっくりした様子で「また来たの？　普通はあきらめて帰っちゃうよ」と笑っていました。

待ったかいがあり、幸運にもお天気に恵まれ、念願の夕陽を見ることができました。

実際に見た景色は、あまりに当たり前の感想なのですが、本当にろうそくのようでした。観光用の写真や絵葉書の風景そのままだったのです。ばかみたいに単純に「本当にそうなのだ」と納得できたのです。

確かに目の前にある光景は写真と同じです。ですが、それを見たときの感動はまったく別のものでした。臨場感あふれる、本物ならではの存在感に満ちています。一日待ったという思いも入り交じっての感動もありました。

美しさの感じ方は人それぞれです。自分の目で見なければ、実際に体験してみなければ、自分がどう感じるかはわかりません。私は何より、その光景を自分の目で確認できたことで感動していました。

私の夕陽が見たいというその思いだけで、スタッフをもう一泊させ、船頭さんをあきれさせてしまいました。自分でもばかな執念だとも思います。仕事の現場だけでなく、こういった場面でも私はあきらめません。

旅先ではスケジュール通りに進むとは限りません。そんな時はなにを一番優先させたいのか、自分の中ではっきりさせることが、後々後悔しないためには必要なことだと思います。

そしてこうしたいという希望があるなら、とりあえずは口に出してみることです。もちろん、周囲の状況も考えずに一方的に押し通してはいけないでしょうし、場合によっては潔《いさぎよ》くあきらめることも必要です。

けれども、もしかしたら同じように思いながら口に出せないでいる人もいるかもしれません。自分の主張が通るか通らないかはともかく、言わずに後悔するよりは言ってダメだった方があきらめもつきます。

後になってから、実はあのとき本当はこう思ったなどと言っても遅いのです。旅先での体験はそのときしかできないのですから。

第五章

ドラマの中で、さまざまな人生を生きています

1 当たり前の暮らしほど、うれしいものはない

原稿書きは地道な作業の積み重ね

いま、私の毎日は「テレビドラマの脚本を書く」という仕事を中心に過ぎていきます。テレビの仕事、というと華やかだと思われるかもしれませんが、実際は自宅でじっと机に向かい、原稿用紙のマス目を一字一字、根気よく埋めていくという地道な作業の積み重ねです。つまりは、それほどの変化もなく、特別なことも起こらない普通の日々の連続。

時折り「これじゃあ、監獄の中にいるのとおんなじね」などと冗談を言って笑っていますが、でも一日一日、つつがなく平穏に過ぎていくことがどれほど幸せなことか、そんな当たり前の暮らしが、しみじみありがたいなあと実感している今日このごろで

す。

ありがたいことに、毎日のごはんがおいしく食べられること、旅好きの私が望めば世界中どこへでも旅に出られるのも、人一倍健康だからこそ。

健康でいられるということに素直に感謝し、毎日、元気に爽やかな朝を迎えられることに喜びを感じる、これこそが年齢や経験を重ねた人間のみに与えられた〝特権〟だと思います。

ひとりも好き、人と会うのも好き

元気の度合いを人さまと比べられませんが、七十八歳（自分でも信じられない！）という年齢に、自分ながらどうも当てはまらないような気がしています。

「毎日をのんびりと過ごすことが理想の老後」と言う人もいますが、私にはそれが本当に幸せなことだとは思えません。時間がありあまる生活というものが、多くの老人を本当に幸せにしているのか疑問だからです。

たとえば農家で、または自営業を営んでいるお店で、七十代、八十代の人が元気に働いている姿を見かけることがあります。若い人たちと肩を並べて精力的に動き回っている姿にはただただ頭が下がるばかりですが、その一方でいまの年齢の体力、気力に見合った仕事を上手に見つけて、黙々と働いている姿にも私は惹かれます。

たとえ年をとっても、その人だからできることというのは、かならずどんな人にもあるのだと思います。

私の仕事はテレビドラマの脚本を執筆すること。たとえば十年以上も続いた『渡る世間は鬼ばかり』のような連続ドラマを書くときは、一日に原稿用紙十枚を書くということを自分に課しています。何があっても、とにかく、必ず一日十枚、これが私のノルマなのです。

とはいっても、人と会うことは基本的に好きなので、ときにはテレビ番組に出たり、取材を受けたり、たいていはお引き受けすることにしています。

その都度、男性、女性、年齢もふくめて実にさまざまな人とお目にかかれるので、取材を受けながら実は私のほうがあれこれ人間観察をしているようなこともあるのですが。

脚本家という仕事は、定年はない代わりに、視聴率というバロメーターがものを言う実力の世界。テレビも他の世界と同じように若い才能がどんどん育っています。私と番組制作スタッフとの年齢も開く一方で、時代の移り変わりとともにスタッフの価値観が変容していくのはごく当たり前のことでしょう。

そんななかで、自分の書きたいドラマを書かせてもらうことができ、なおかつそれが高い視聴率で受け入れられているということは、作家冥利につきます。

街を歩いていると、「いつも見てますよ」と、お声をかけていただくこともあり、そんなときは私のドラマを見てくださっているんだなあと、直かに手応えが感じられ、胸がほこほこと温かくなります。

2　古いダイニング・テーブルが私の仕事机

同じテーブルでごはんも食べれば原稿も書く

仕事をするのは、いつも午後からです。まずは新聞を読んだり郵便物に目を通したり、仕事に関係する雑事を片づけながら、頭を徐々に執筆中のドラマへと切り替えていきます。

先程も言いましたが、一日に原稿用紙十枚、それが自分に課したノルマです。机に向かうと、まず前日に書いたものをもう一度読み返すことから始めます。それに手を加えているうちに、自然にドラマの中へと入り込んでいけます。

どんなストーリーにしようかということは、家事や雑事をしながらなんとなく考えているので、書き出したときにはほぼ構成は決まっているという状態です。

机に向かって、などというとたいそう立派な書斎でも構えているかと思われるかもしれませんが、実はただのダイニング・テーブル。それも三十年くらい使っている古ぼけたシミだらけのものです。

大きなテーブルですが、その上にはいつも原稿用紙や資料が広がっていて、夫がいたら間違いなく怒られることでしょう。でも、いまはのんきなひとり暮らし。このテーブルをいつどう使おうと私の自由です。

このテーブルで原稿も書けば、ごはんも食べます。いちいち片づけるのが面倒なときは、仕事の道具をぐっと向こうに押しのけて、わずかにできたスペースで食事をすませてしまうこともあります。

熱海にはこのテーブルが置いてある夫と暮らした家と、道路をはさんで向かい合った場所に、もう一軒新しく建てたゲストハウスがあります。これは夫が亡くなった後に建てたもので、その新しい家には、いかにも会社の社長さんが使うような立派な机もあるのですが、それを使うことはまったくといっていいほどありません。

その机を見て泉ピン子ちゃんが、「あんな立派な机でホームドラマなんて書けないよね。あれじゃ企業ドラマになっちゃう」とつぶやいたことがありましたが、本当にその通りです。堂々とした重厚な机では、なんだか落ち着きません。

夫の仏壇も同じ部屋に

新しい家の居間には大きな窓があり、そこからは光がふんだんに射し込んでいます。将来のことも計算に入れたバリアフリーの設計で、合理的かつ快適な心地よい家なのですが、執筆をするにはどうも不向きのようです。たぶん、生活の匂いに乏しいからでしょう。

その点、住み慣れた家には安心感があります。ダイニング・テーブルなら台所のそばなので、お鍋を火にかけたままでも仕事ができます。

いい匂いがしてきたなあ、と思ったらすぐに味見に立つこともできるのですから、立派な書斎でアイデアを絞り出そうとウンウン唸っているより、ずっと楽しいではありませんか。

また、このテーブルの置かれた部屋には夫の仏壇があります。左側から光が入るようにして座ると、仏壇はおのずと視界の端に収まります。

ドラマのように仏壇に話しかけたりするようなことはありませんが、毎朝必ずお茶をお供えし、位牌には朝晩手を合わせています。果物やお菓子などをいただけば、まずは仏壇に供え、お花も欠かさないようにしています。

とりたてて意識はしませんが、ここで原稿を書くということは、テレビ局の仕事を心から愛していた夫に見守られ、見張られながら、仕事をしているようなものなのかもしれません。

3　テレビ出演はいい気分転換

夫が生きていたときのほうが時間を上手に使えた

原稿は一日に十枚と書くべきノルマは決めているものの、所用で東京に出かけることもあり、そういう日は執筆がストップしてしまいます。

新幹線に乗ってしまえば熱海から東京まではたった一時間弱、あっという間の距離ですが、外で人に会うとなるとそれなりに身なりもきちんとしなければならず、やはり近くのプールへ行くときと同じというわけにはいきません。そのため出かける日は、いつもよりもせわしない朝を迎えることになります。

せっかく都心へ出かけるのなら、そのついでに用事はできるだけ済ませたいと思うため、たいていは一日仕事になってしまいます。夜、帰ってきてから原稿用紙に向かう気になどとてもなれないので、出かける日は「書けない日」としてあきらめるようにしています。

「書けない日」が一日くらいならすぐにロスした分を取り戻せても、一週間も旅行に出るとなるとたいへんです。私が不在の間にもドラマの収録は予定通り進んでいくのですから、出発前は一日十枚などと言ってはいられません。

だからその分を見越して書き進めていかなければ、スタッフや俳優さんに迷惑をかけることになってしまいます。また、一週間もいつもの日常と違う日を過ごしてしまうと、もとのペースに戻るのにだいたい二日くらいはかかるので、その分もロスとして計算に入れておかなければなりません。

通常でも、たいてい十話先くらいまでは予備の貯金として書き進めるように心がけているのですが、現実はなかなか予定通りには進みません。

考えようによってはいまの私の生活は毎日が日曜日のようなもの、いつでも時間があるという思いがあるせいか、それが気のゆるみになってしまうようです。

夫がいてきちんと主婦をしていたころは、いつも時間に追われているようだったため「書けるときにどんどん書いてしまおう」という気持ちがあり、いまよりも時間を合理的に使い、当時のほうが締め切りまで余裕があったように思います。

中居くんや香取くんと一緒で楽しかった『笑っていいとも!』

以前『笑っていいとも!』にレギュラー出演していたときには、「毎週たいへんでしょう」とよくねぎらわれたものですが、とんでもない。SMAPの中居くんや香取くんのような若い人たちといっしょになってのテレビ出演は実に楽しいものでしたし、いい気分転換にもなっていたのです。

また、原稿も必ず毎週一日つぶれると思うからこそ、「それまでになんとか書き上げなければ」と必死になり、かえって頑張れたくらいです。

そうはいってもそれが二年半も続くと、やはりつらくなります。フジテレビからは三年間のレギュラーでというお話だったのですが、こちらからお願いをして半年早く辞めさせてもらいました。本業の仕事に支障をきたしてまでテレビ出演をする意味はないからです。

脚本を書くという仕事は、作業こそひとりコツコツと原稿用紙を埋めていく地道なものですが、実は大勢のスタッフや俳優さんたちに支えられて成立しています。ドラマとしてお茶の間に放映されるまでには、多くの人の力があってこそ、なのです。

プールへ通い、食べものに気を配り、ひと一倍健康維持を心がけているのも、私が病気やケガで休んだらスタッフや俳優さんたちに多大な迷惑をかけることになるからです。仕事を引き受けた以上は、健康管理も脚本料のうちです。

たまに「撮影を間近に控えている俳優さんが、遊びに行った先で怪我をしたあげくクランク・インが遅れた」というようなニュースを聞くことがありますが、とんでもない話です。プロとしての自覚があまりにもなさすぎます。当然のことながら、そういう俳優さんとは仕事をしたくないと思ってしまいます。

仕事をしてお金をいただいているからには、最低限の健康維持をするのは義務なのです。

私が毎朝プールへ行くのも、フウフウ言いながら犬の散歩をするのも、結局は仕事のため、でもあるのです。

健康診断のたびに、血糖値の数値に振り回されるなんてばからしいと思いながらも、二カ月に一度かかりつけの病院を訪れてチェックしてもらっているのも、仕事があるからこそです。

もし私に仕事がなかったら、好きなものを食べたいときに食べて、テレビを見ながら一日中家の中でゴロゴロするような生活を送っていたかもしれません。太って血糖値が高くなったところで、いまのように俳優さんやスタッフ、大勢の人に迷惑をかけることもないのですから、歯止めが利きません。

そう思うと、逆に仕事をしているからこそ健康でいられるとも言えます。

自分に課したノルマをこなすということ、それも健康を保つための秘訣のひとつなのかもしれません。

4 結婚の効力

「この人のお嫁さんになりたい！」

テレビドラマのシナリオ・ライターとして私がデビューしたのは昭和三十三年のこと、もう四十五年にもなります。テレビ放送開始から五十年、その歴史のほとんどをいっしょに歩んだことになるわけです。

テレビという新しいメディアに出逢えたことで、私は私の生きる場所を見つけることができました。いま、私がこうしてひとりを自由に楽しく過ごすことができるのも、このことがあったからこそです。

けれども、実は私にもシナリオ・ライターという仕事をあきらめようと迷った時期がありました。ところが、仕事に見切りをつけるきっかけをつくってくれた人が、結果として仕事を後押ししてくれることになったのです。何がどう影響するかは、本当にわからないものです。

その人物とは、わが夫・岩崎嘉一です。TBSの社員だった夫と結婚したのは、私が四十歳、夫が三十六歳のときでした。

ちょうどそのころ、四十歳を前にして、私は脚本の世界でやっていくことに自信を失いかけていました。理由は人間関係です。

テレビ局の社員の中には、私たちのようなフリーに対して非常に横柄な態度で接する人も少なくありません。なかには原稿にあれこれと理不尽な注文をつけるプロデューサーもいて、自分が書きたいものを思うように書かせてもらえないこともよくありました。

だからといってプロデューサーの言うことを無視したら、仕事はもらえません。そして仕事がなければ暮らしていけません。そのためには不本意な仕事も引き受けなければならず、そういった人間関係のしがらみに嫌気がさしていたのです。

夫と初めて会ったのは、『ただいま11人』というドラマの企画会議の席でした。私はそのドラマを担当することになった数人のシナリオ・ライターのひとりとして、夫は企画部の社員として出席していたのです。

その席で彼は、ドラマの企画意図を説明するために熱弁をふるっていました。理屈っぽい人だなあ、というのが第一印象です。それから何度か顔を合わせる機会に恵まれるうちに、自分の仕事に誇りを持ち、情熱を持って全身でそれに取り組んでいる姿に惹かれていったのです。

やがて「私はこの人のお嫁さんになりたい」と願うようになっていきました。そんな感情を抱いたのは初めてのことでした。そのことを彼の同僚でもある石井ふく子さんに相談したところ、ふく子さんは驚きながらも結局は彼に直談判してくれ、私たちは結婚にこぎつけたのでした。

専業主婦になるつもりだったのだが……

私は家庭に入ったら子どもを産み、専業主婦になるつもりでした。四十歳という年齢での結婚だけに、のんびりとも構えていられません。それまで仕事一筋だった私の生き方は、結婚によって家庭第一へと切り替わったのです。

子どもが生まれていたら、脚本家・橋田壽賀子はそのまま消えてしまったかもしれません。ところが運命は私の思いとは反対の方向へと動いていきました。テレビ局に勤める夫の帰宅は遅く、しかも連日したたかに酔って夜中に帰ってきます。せっかく用意した食事も無駄になる日がほとんどという始末です。

いっこうに子どもができる気配もなく、家庭を大事にしようと思っても肝心の夫はいつも不在。いくら家事が好きとはいえ、一日中家にいてこれではあまりに退屈です。そんな私の様子を見て、ふく子さんが書くように勧めてくれたのです。夫の前では絶対に原稿用紙を広げないという約束で、私はまた仕事を再開することになりました。

結婚前と大きく違った点は、プロデューサーと意見が対立しても、以前のように簡単に引き下がらなくなったことです。「私の企画が気に入らないのならけっこうです。降ります」と、強気で出られるようになったのです。

これはサラリーマンの夫と結婚したことによって、生活の心配をせずにすむようになったおかげです。夫がいるということの威力は、思いのほか効力を発揮したのです。

そうすると不思議なもので、私の書いたドラマは順調に当たり始めました。すべてがうまく回転し始め、テレビ局側にも「橋田にあまりうるさいことを言うと降りられてしまう」という認識が広まっていったのです。

脚本家をやめるきっかけになるはずの結婚が、結果としてまったく逆に作用したのです。転機はいつ訪れるかわかりません。

5 家事をしながらストーリーづくり

夫の在宅中は仕事をしないという約束

起きてからの三時間は頭が働かないという話を、以前聞いたことがあります。科学的根拠については知りませんが、もしそれが本当だとするなら、私は毎朝なかなか合理的な過ごし方をしているようです。

朝の水泳は体をほぐすだけでなく、頭を目覚めさせるのにも役立っていることになります。自分ではさほど意識していませんでしたが、午後から始める執筆活動のためのウォーミング・アップをプールで行っている、というわけです。

いまでこそ「朝のプールでウォーミング・アップ」などと言えるのんきな身分になりましたが、サラリーマンの女房だったころには、家事に追われる朝を過ごしていました。

結婚に際して、私は夫とひとつの約束を結んでいました。それは夫の前では絶対に原稿用紙を広げないというものです。

「僕はシナリオ・ライターと結婚したのではないのだから、まずきちんと家事をして、そのうえで余力があったら仕事をすればいい」というのが夫の言い分で、私もそれを当然のこととしてすんなりと受け入れていました。

テレビ局勤務という彼の仕事はそれほど早く出社する必要もなかったので、夫がまだ家にいる午前中に私が机に向かうということはまず不可能でしたが、それで支障をきたすということもありませんでした。ドラマのストーリーを考えるという仕事は、机に向かいさえすればできるというものではないのです。

ラジオの「身の上相談」がヒントになった『となりの芝生』

当時、私は家事をしながらよくラジオを聞いていました。ラジオの「身の上相談」などはドラマのネタになりそうな話の宝庫です。部屋の掃除や台所で洗いものをしながらラジオの話に耳を傾けていると、番組で相談している人は家でどういう生活をしているのだろうとか、話に出てくるお姑さんはどんな人生を送ってきたのだろうとか、どんどん想像が膨らんでいきます。

後に、ＮＨＫで放送された『となりの芝生』（この四月にＮＨＫのＢＳで二十七年ぶりに再放映されました！）というドラマは、こうしてラジオの相談番組からヒントを得てつくり上げたものです。

テレビと違ってラジオは音さえ聞こえればどこにでも移動が可能なので、聞いている間も手を休める必要がありません。ながら族の主婦にはもってこいです。ラジオを傍らに置いて、「今日はここの窓をきれいにしよう」「明日は納戸の掃除をしよう」というように、その日の家事のポイントを決めて、午前中はめいっぱい働いていました。

もちろん脚本の内容にもよりますが、私のようなホームドラマの作家の場合は、ラジオからの情報や家事が仕事にプラスになっていたのは確かです。私自身は家事そのものも好きですし、働けば家の中が片づくのですから、一石二鳥です。

家事は自分の裁量でいかようにでもできる、面白い仕事です。精力を傾ければ傾けただけ、気持ちのいい暮らしができるのですから。

いまから考えてみれば、体をフルに使って家事をしながら、はからずも午後からの執筆活動に向けてのウォーミング・アップをしていたようなものだったのです。

ムダがゆとりを生むこともある

そうやって二十年以上も主婦として暮らした日々が、いまどれだけプラスになっていることか。主婦であってよかったなあとつくづく思います。主婦をしていたことで、ホームドラマの作家としては何倍も得をしたような気がします。

一日中机にかじりついていたとしても世界はそれほど広がらなかったでしょうし、書ける時間が限られていると思えばこそ、わずかな時間を有効に使いたいという気持ちも働きます。また、仕事に行き詰まったときには、家事が気分転換にもなることもありました。

朝から机にかじりついて書けなければ焦りもするでしょうが、起きてからの三時間はウォーミング・アップのための時間と割り切って、ゆったり構えていると心に余裕が生まれます。一見無駄と思われるものがゆとりを生んで、結果的には合理的になるということもあるのです。

いま、私にとっては朝のプールが体と頭のウォーミング・アップになっていますが、人にはそれぞれ状況や暮らしにあった方法があるはずです。そしてそれは案外身近なところに転がっているのかもしれません。要はそのとき、そのときの環境にうまく順応することです。

6　夫の死によって誕生した『渡る世間は鬼ばかり』

お金のことはすべて夫に任せていた

夫、岩崎嘉一が亡くなったのは、平成元年のことでした。結婚によってシナリオ・ライターとしての仕事が安定していった私は、夫との死別によって今度はあるシリーズドラマを誕生させることになりました。

四歳年下の夫は、当然のことながら私よりも長生きするつもりだったようです。よく冗談で「お前が死んだら『橋田賞』を作る」と語り、新人の脚本家発掘に役立てたいということを、私に話していました。

テレビ界の発展のために少しでも役に立つならという、彼らしい夢だったのでしょう。私は軽く聞き流していたのですが、夫はどうやら本気だったらしく、親しい人にもその夢を話していたのです。

けれど夫はその計画を実行することなく旅立っていきました。さぞかし無念だったと思います。

私は後年の財産管理はすべて夫に任せていたので、夫が亡くなったときは家の財政状態がまったくわかりませんでした。借金があったらどうしようと不安でしょうがなかったのですが、結局夫が株で儲けたお金などを合わせると、二億円近いお金が残ることがわかりました。

当時はバブル絶頂期です。そのお金をそっくり銀行に預けておけば、その利息で私ひとりくらい十分暮らせそうな額でした。もしそのことに安心してしまい、利息のお金を当てにして何もせずに暮らしていたとしたら、どんどん老け込んでつまらない日々を送ってしまったでしょう。

財団創設のために一年間の連続ドラマを書くことに

故人の遺志を尊重して財団をつくったらどうだろうか、という提案をしてくださったのは、夫がお世話になったＴＢＳの方からでした。ご提案は非常にありがたいと思いましたが、財団だなんてあまりにもおこがましい気がしてなりません。

私がためらっていると、ふく子さんが、「あのお金はそのつもりで彼が貯めてきたものなのだから、他のことになど使ったら岩崎さんが化けて出るわよ」とおどします。

そう言われれば、私も決心せざるをえません。こうして財団法人「橋田文化財団」を発足させる決心をしたのです。

調べてみると、財団を発足させるには基金として最低三億円が必要とのことでした。彼の遺産だけでは足りません。私名義の預貯金などもかき集めてみたのですが、あともう少しのところでどうしても三億円に届きません。

どうしたものかと思案していたところ、ＴＢＳから不足分を貸してくれるという申し出がありました。ありがたいことです。交渉する中で、担保もなしに貸すわけにはいかないので、その代わり一年間の連続ドラマを書いて欲しいという要請がありました。要するに原稿料の前借りというわけです。

こうしてスタートしたのが、『渡る世間は鬼ばかり』でした。お陰さまでドラマは好調な視聴率を記録し、十年以上にわたって続編が次々と制作され、現在に至っています。

このときは、こういういきさつで生まれたドラマがこんなにも長い間シリーズとして続いていくとは夢にも思いませんでした。

結婚と夫との死別。私の人生における二度の大きな出来事が、脚本家としての私を後押しする結果となったのでした。

7　「幸楽」のキミや邦子のセリフは、わざと本音をズケズケと

現実にはなかなか言えないからこそ

たとえば、「幸楽」のキミのように言いたいことをそのまま口にしているお姑さん、いつまでたっても実家に甘え、勝手なことを言い続ける邦子のような娘はかなり極端な人物です。

もし仮にそういう人がいて、ずけずけと思ったことをそのまま言ってしまったら、どうなってしまうのでしょうか……。

それが私がドラマの中で描いていることです。普通は我慢している本音がぶつかり合うからこそ、ドラマは成立するのです。ですから、ドラマでの会話は現実よりも一オクターブ上げるつもりで書いています。

書き手としては「こんな人いないよ」と思いながら、またその一方で、現実にはいない「その人」になれるという楽しみがあります。

自分なりの楽しみを仕事の中に見つけることができるかどうかは、その仕事を長く続けられるかどうかに影響してくるものです。そこに何の価値も見い出せなかったら、それはただつらいだけの仕事となってしまうはずです。

実際の自分はハンで押したような生活を繰り返しているだけの、平々凡々とした毎日でも、書いているときはドラマに登場するいろいろな人の人生を生きることができるのです。

ドラマの中でさまざまな体験ができる面白さ

私自身は大恋愛をしたこともなければ、舅、姑で苦労をしたことも実際にはありません。また、仮に波瀾万丈の人生を送ってきたとしても、ひとりの人間が一生の間に経験できることなど限られています。

ところがドラマの中で生きる人生は、年齢や性別、生まれ育った時代すら超えられるのですから、そういう意味では、『おんな太閤記』ではねねを、『春日局』では春日局をと、歴史上の人物までも私は生きたことになります。

そういえば『おんなは度胸』では旅館を二つも建てたんだわ、などと思い出すこともあり、さまざまな体験ができる面白さを存分に味わえる幸せを実感しています。

よく俳優さんが「役を演じる楽しみは、自分とは違う人生を生きられること」と語っていますが、私も仕事としてドラマを書きながら、結局はそれで遊ばせてもらっているのです。

連続ものを書いていると、「他にもしたいことがいっぱいあるのに」とか、「旅行に出たい」と思うこともよくあります。ところが書くことから解放されると、今度は無性に書きたくなってくるのですから、おかしなものです。六十年に渡って書き続けてきたことを思えば、書くことも日常の一部になってしまったのかもしれません。

上げ膳据え膳の旅先で、家事をしないですむ自由さを満喫しているうちに、次第に家のことが気になり始め、帰ってきたとたんに「やっぱり家が落ち着くわ」といそいそと家事を始めてしまう主婦と同じです。

「あんなに旅行を楽しみにしていて、せっかくここまで来たのに『早く帰って原稿を書きたい』はないでしょ」

いつだったかエジプトでクルージングに行ったときも、ピン子ちゃんにこう言って笑われてしまいました。

結局、書くことが大好きなのでしょう。日常生活では味わえない楽しみや醍醐味を味わうために、今日もペンを持って机の前に座ることになるのです。

8　ひとことのセリフにこめた想い

テレビの影響力のすごさ

たとえば「ありがとう」というたったひとことのセリフも、俳優さんや演出家によっては、さまざまな「ありがとう」に変貌します。

自分の書いたセリフが、書き手の持っていたイメージを超えてドラマの中で膨《ふく》らみ、

「なるほど、こういうふうに言うのか」

「この俳優さんってすごい人だなあ」

と感心しながら自分の作品を見るのは、とても楽しいことです。

同じ書く仕事でも、私が小説を書くことに興味がないのは、書いた後にこういった楽しみがないせいです。原稿用紙に手書きしたものが活字となって印刷され、製本さ

れても、作品そのものは当然ながら書いた時とまったく変わりません。

それに比べてドラマは、スタッフや俳優さんによって成長していきます。まるで産んだ子どもが育っていくようなもので、もちろん順調に育つときもあれば、そうでないときもあります。

ときには、まったく思いも寄らない方向に変形してしまうことだってあります。それでも「しょうがないなあ」と思いながら、結局は満足してしまうのです。

そんな私も小説家になろうと思ったことがありました。アルバイトで少女小説を書いていたころのことです。テレビ局に原稿を持ち込んでもなかなか読んでもらえず、自信喪失に陥ってしまい、生活のためもあって、少女小説や劇画の原作を書いていたのです。

書き始めてみると、小説は自分が書いた時点で作品が完結しますし、それでそこそこの原稿料ももらえます。自分の世界だけでどんどん書けますし、そこに誰の手も加わらないことが、そのときはおもしろいように思えたのです。

ところが、テレビというメディアで仕事していくうちに、テレビの持つ影響力の大きさを痛感していくようになりました。どんなにすごいベストセラーでも、絶対数においてはテレビにかないません。

主婦が洗い物をしながら見ていてもわかるセリフにしたい

今、自分の周囲を見回しても、日常的に小説を読んでいるという人はさほど多くありません。忙しくて落ち着いて読んでいられないという人もいれば、老眼になってから字を読むのが面倒になったという人もいます。最初から小説など読まない、という人もけっこう多いものです。

その点テレビは違います。たとえば通りがかりのおばあちゃんたちから「見てますよ」とか「楽しみにしてます」と声をかけられることからもよくわかります。

私は私の書いたドラマを通して、日々を精一杯に生きて頑張って生活している人たちにエールを送りたいと思っています。

家事に追われ、ゆっくり小説やエッセイを読んでいる時間もないような、家庭の主婦に見てもらいたいのです。高尚なことを語りたがる人よりも、それぞれの人生を一生懸命生きている人たちに発信したいと願っています。

それなら、小説ではなくテレビです。

私のドラマはセリフが長いことで有名ですが、セリフが長いのは言葉で状況を説明しようとするからです。主婦が食事の後に洗い物をしながら見てもわかるようなものでありたいという思いの表れなのです。

だから、私のドラマを見た方が、「そう、あれが言いたかったのよ」とか、「あれを言ってくれてスッとしたわ」「あそこまで言ったらおしまいなのね」などと思っていただけたら本望です。

そんな声を耳にすると、テレビドラマを書いていて本当によかったと改めて思うのです。

9　トーク番組で新たなチャレンジ

TBS系のCS放送『橋田さん家のティータイム』

好奇心を満たしてくれて新たな刺激にも出会える新たなチャレンジという点において、私は最近素敵な仕事に巡り逢うことができました。

それはTBS系のCS放送で私がホストを務めている『橋田さん家《ち》のティータイム』というトーク番組です。これは熱海や東京の私の自宅にお客さまを招いて、その方のお話をうかがうというものです。

まさか私がそんなお話をいただくとは思ってもいませんでした。トーク番組の司会は初めての経験です。うまくいくかどうかわかりませんが、せっかくのチャンスです。喜んで引き受けることにしました。

好奇心のおもむくままにあちこちに顔を出してはいますが、さすがに新しい人に出逢う機会というのは減ってきます。また、かつて交流した人とも時間がたてば疎遠になっていくこともあります。

懐かしい人に再会したり、私のドラマに出ていただいている方の意外な素顔を拝見するのも楽しみなことです。俳優さんとの関係もここでは番組のホストとゲストですから、全くのプライベートでもなければ、作家と俳優としてでもない立場で、いろいろな話を聞くことができます。

懐かしい再会を果たすことができたのは『3年B組金八先生』の脚本家、小山内美江子さんと利重《りじゅう》剛《ごう》さん親子です。小山内さんとはかつて海外旅行まで一緒にしたこともある仲です。

そのころは小山内さんも熱海の住人でした。息子さんの利重さんは俳優さんであり映画の監督さんでもある方です。熱海に住んでいたころは、まだ坊主頭の〝坊や〟でした。そのお二人が母子揃って熱海の我が家を訪ねてくださいました。

小山内さんがＮＨＫで朝のドラマを書いているときに、私が大河ドラマを書いていたり、最新シリーズの『金八先生』は私の『渡る世間は鬼ばかり』と同じ木曜日九時の放送で、ちょうどバトンタッチする形で番組がスタートすることがあったりと、私たちは何かとご縁もあるようです。そんな話や、旅行のときのなつかしいスナップ写真などを見ながら思い出話にも花が咲きました。

また、小山内さんは第四回の〝橋田賞〟受賞者でもあります。その賞金はご自身がライフワークとされている、カンボジアのボランティア活動に役立てていただいたという話を聞き、元気にご活躍されている近況もうかがうことができました。〝坊や〟の芸名が、小山内さんのお父さまの名からつけられたというのも、このときに初めて知ったことです。

角野卓造さんの意外な素顔

熱海の家ではなく、かつて夫と暮らした東京のマンションにお越しいただいたのは、俳優の角野卓造さんと奥さまの倉野章子さん。倉野さんは角野さんと同じ文学座の女優さんで、ご結婚後は一時休座なさっていたのですが、子育てが一段落した後に舞台に復帰された方です。

私のドラマの中では、年がら年中ラーメン屋のユニフォームを着て調理場に立ってもらっている角野さんは、実は学習院のご出身で、音楽にも造詣《ぞうけい》の深いインテリだったのです。まるで舟木一夫さんのような二枚目だった学生時代や、ふさふさとした長髪姿の写真なども見せていただきました。ドラマの中で見る角野さんとの違いに驚かれた視聴者の方もいらっしゃることでしょう。

奥さまの倉野さんはお嬢さん然としたおっとりした方で、角野さんとのやりとりを見ていると、二人の夫婦像がおぼろげながら頭に浮かんできます。そして「こういう夫婦もいいなあ」と思わせてくれたのでした。

角野さんおひとりだったら、そんなふうには思わなかったかもしれません。この番組に関して私がこだわったのは、ゲストの方には必ずご家族といっしょに出演していただきたいということでした。

本人だけが出演する番組は他にたくさんあります。せっかく番組をつくるのなら、既存の番組と同じではつまらないと思ったのです。そこに家族がひとりいっしょになることによって、思わず本音がこぼれたり、その人らしい素顔が垣間見られたりして、人間的な奥行きが出ます。

トーク番組などまったく未経験のことだけに、どうなるのだろうと少しばかり心配だった新たなチャレンジでしたが、番組がスタートしてみると、それはとても楽しいものでした。非常に有意義な時間を過ごすことができます。七十歳を過ぎてこんな番組を仕事としてさせていただけるなんて、なんて幸せなのだろうとも思います。

これからこの番組を通じてどれだけの人に会い、どんなお話ができるのだろうか、それを考えると楽しみでなりません。原稿を書くという仕事とは別に、ライフワークとしてぜひ続けていきたいと思っている仕事です。

10 身の丈に合った暮らしをすることの大切さ

豊かさゆえに失われた生きる知恵

新聞でもテレビでもひんぱんに「不景気」の文字が踊るようになってからずいぶん経ちます。「不景気なのだ」と考えると暗く落ち込んでしまいますが、私自身はさほど深刻な事態だとは思ってはいません。どんなに貧乏でも明日のお米がなくて飢え死にするようなことは、いまの日本では基本的にはあり得ないと思っているからです。たとえ倒産しても、生活保護という手段も残されています。

私が子どものころを思えば、夜逃げなどは珍しいことではありませんでした。急に学校へ来ない友達もときにはいたものです。

少し前のバブルの時代と比べるからいまが不幸に思えるだけで、その基準がそもそもおかしいのです。それよりもずっと以前と比べれば、また世界に目を向ければ、いまの日本がどんなに自由で豊かで、そして平和であるかということは容易にわかるはずです。

豊かな社会ゆえに、生きるための知恵がなくなってしまっているのかもしれません。どうにかして生きていこうと思えばどうにでもなるというのに、倒産して自殺したり、生活保護を拒否して餓死してしまったとか、そんなニュースを聞くたびになんて愚かなのだろうと残念に思います。

二〇〇三年はテレビ放送開始から五十年の記念の年ということもあり、最近になってまた『おしん』が衛星放送で再放送されました。二十年前の放送当時、『おしん』は貧乏な農村に生まれた主人公の苦労と辛抱《しんぼう》の物語としてクローズアップされましたが、私があのドラマの中でほんとうに描きたかったのはそういったことではありませんでした。

『おしん』で伝えたかったこと

主人公のおしんは苦労の果てに、最終的にはスーパーのチェーン店を持つまでになり経済的には成功します。そのうえで、「果たして自分の人生はこれでよかったのか」と疑問を抱き、過去を振り返る旅へ出ます。あの物語はそこから始まっているのです。私が描きたかったのは、「経済的豊かさばかりを追求するのでなく、身の丈にあった幸せというものを考えようではないか」ということだったのです。

ごはんをお腹いっぱい食べることもできず、学校へも行けず、たった米一俵で奉公に出されるというおしんの時代の話は、それほど大昔のことではありません。ドラマに出てきたような人たちが実際にその後の日本をつくり、繁栄の礎を築いてきたのです。

おしんの時代を生きた人たちがいたからこそ、その後があるのです。そのことを日本中の人たちがもっとよくわかっていたなら、放送後にやってきたバブル経済であんなにも浮かれることはなかったのではないか、という気がしています。

いま、たとえリストラで給料が二分の一になったとしても、生きていくことはできます。体をはって生きようと思えばどうにかなるはずです。つまらない体裁にこだわっているから前へ進めないだけなのです。自分で前へ進もうとしていないからなのです。

待っていたところで誰も手は差し伸べてくれません。自分で自分を守っていかなければ、いったい誰が守ってくれるというのでしょう。

甘え合うのではなく、助け合う関係づくりを

自分で自分を守る。それには強い意志とともに冷静な目が必要です。まず自分がどういう人間かということを知る必要があるでしょう。自分の力を知ることは相手を知ることと同じように大切です。

決して大げさなことではありません。たとえば自分の能力をちゃんと知り、できないことは「できない」と言う勇気を持つというような、そんなことからも始められるのです。その勇気があればリストラの人員削減で山ほどの仕事を抱え込まされたあげくに、過労で倒れるということもなくなるはずです。

何も会社に勤めるお父さんのことばかりではありません。家で子どもやお嫁さんから孫の面倒を見て欲しいと言われたときに、「腰が痛いから無理」とか「今日は予定があるからダメ」とはっきり言えばいい、ということでもあるのです。

どんなときでも無理をしたり見栄を張ったりせずに、自分自身といまの時代をきち

んと見つめていれば、もっともっと暮らしやすく、生きやすくなるはずです。

自分たちは世間が思っているよりはずっといい時代に生きているのだということを認識してほしいと思います。「いまは不景気でその不景気な時代に生きている自分は不幸だ」などと考えていたらどんどん落ち込むばかりで、いいことなんて何ひとつありません。

高望みをやめて自分自身とちゃんとつきあえば、いまという時代やいまの自分がもっとずっと好きになれるのではないでしょうか。

少しのんきに構えて、それぞれが〝自分の身の丈に合った暮らし〟を見つめられたなら、家族の一人ひとりがちゃんと自立してお互いに頼らない、甘えない関係を築いた上で助け合うことができたなら、明るく楽しい日々を過ごせるのではないでしょうか。

そしてそれは、それぞれが「ひとりの自分」を確立することから始まります。

ひとりが、いちばん！

――頼らず、期待せず、ワガママに

二〇〇三年七月一〇日　第一刷発行

著　者―橋田壽賀子
発行者―南　暁
発行所―大和書房
東京都文京区関口一-三三-四
電話〇三(三二〇三)四五一一
振替〇〇一六〇-九-六四二二七
印刷所―厚　徳　社
製本所―ナショナル製本

ISBN4-479-01164-1

http://www.daiwashobo.co.jp